倉本聰対談集

みんな子どもだった

目次

はじめに

倉本　聰

我々は、みな等しく子ども時代をもっている。勿論、時代・夫々の家庭環境・両親の思想・性格・或いは貧富の差などによって、子ども時代は微妙にちがってくるのだろうが、少なくとも大人になってのちがいよりはずっとその差が小さく共通点が数多ある。

大人になって夫々の道を歩き出し、人が段々に固有の思想や哲学をもって、あいつと俺との住む世界がちがうと簡単に分裂しつき合はなくなっても、なに元を辿れば子どもの時代、さしたるちがいはなかったように思う。

成人し、己れの世界に定着し、夫々が夫々の世界の中で一家言をもつまでに成長すると、とかく人間は自分の世界に固執して他所の世界の住人を避け始め、夫々が夫々のギョーカイの中でそもそもの初心を忘れるようになり別世界の人間を排除し始める。僕自身の過去を考えてみても何度もそういう頑なさに入りこみ世間を狭くしてきたものだった。

そういう時僕は可能な限り少年期の友人と逢うようにしてきた。

お互い齢をとり、夫々の世界で相分に位置を高め、一国一城の主とはいかなくても家老か部長程にのし上がったとき、40代50代の年齢にあっては己れの世界のことしか見えなくなり、あいつは右翼、あいつは左翼、あいつは金しか考えない奴と忌避反応しか出ないようになってくるが、これが60代70代となるといささか様相を変化させてくる。

いやな奴だがあいつも元々、あの頃純粋な少年だった。あの頃は何でも裸でしゃべれた。そうした想いがふと蘇り、久方ぶりに逢って話すと、なんだこの野郎変ってないじゃないか、昔の純粋さをちゃんとまだもち続けているじゃないかと、変になごやかな気分になるのである。

みんな、昔は子どもだった。

大した相違なく純朴に暮していた。

そうした原点を探りたくて、この対談をスタートさせた。

僕個人の私的体験を云うなら、戦時下に小学校の時代を過した僕らは、4年生の時学童疎開でいきなり山形につれて行かれた。

山形は寒く、栄養失調と心細さで寝小便をする奴が続出した。寒いので僕らは二人一組で布団に入れられ、抱き合って寝ることで寒さをしのいだのだが、寝小便の常習者は常習者同士抱き合って寝かされた。寝小便というものは大体便所に行く夢を見て、そこで天国のようにオシッコをするといきなり下半身にアタタカミが走り、ヤッター！という罪悪感ではね起きるものなのだが、二人一組で常習者同士寝ると、自分には放尿の快感がないのにいきなりアタタカミだけが下半身を走り、ゴメンという相棒の情けない顔にこっちも同情で怒れないのである。

そういう友たちが夫々の道を歩き、或る者は会社の社長になり、或る者は船長に、或る者は新聞の論説委員に、夫々一家を成し停年を迎え80近くになって久しぶりに出逢うと、当時寝小便をかけ合っていた全く偉くない少年時代に戻れる。

大臣も弁護士も医学博士も会社の会長もあったもんじゃない。みんな元々、子どもだったのだ。

この本は、BS-TBSで毎週日曜日夜11時〜11時30分放映の
「みんな子どもだった」の対談をまとめたものです。
出演者＝倉本聰、長峰由紀（TBSアナウンサー）

津川雅彦

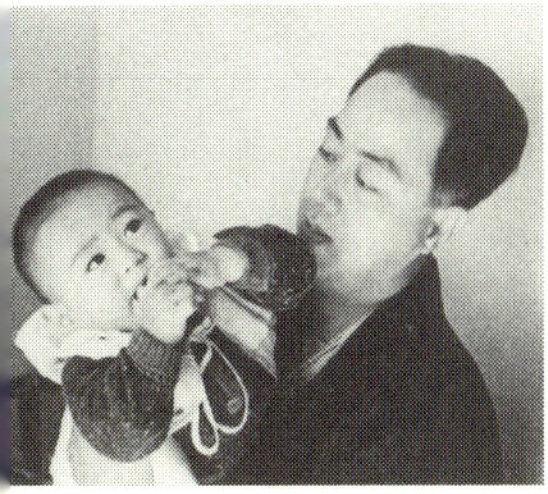

津川雅彦　つがわ まさひこ
1940年京都生まれ。俳優、映画監督。16歳のときに映画『狂った果実』で本格俳優デビュー。1973年には朝丘雪路と結婚。娘は女優の真由子。『寝ずの番』をはじめとした自らが監督を務めた映画では、監督名をマキノ 雅彦としている。

華麗なるマキノ一族

倉本　津川家の……津川家と云うかマキノ家の家系図を、ざっと書いてきたンですけれども。

長峰　手書きで（笑）。

倉本　まず、お祖父さんの牧野省三さんは、日本映画の父といわれる人ですよね。その息子さんが、マキノ雅弘さん、光雄さん、真三さん、智子さん、と。他にもいらっしゃるンだけど。で、長男のマキノ雅弘さんの奥さんが轟夕起子さん。往年の大女優ですね。

長峰　宝塚の。

倉本　そうですね、宝塚。雅弘さんは映画監督をやってらして、僕も仕事をご一緒したことあるンだけど。光雄さんっていうのは、プロデューサーですよね？

津川　はい、東映の。

倉本　光雄さんの云った名言があって、それがずっと、印象に残ってまして。シナリオを読んで、このシナリオには「ドラマ」はあるけど「チック」がねえって云ったって。

津川　ああ、チックがないね。なるほどね。

倉本　これはねえ、僕はとっても大事にしてる言葉なンだけど。

津川　はいはいはい。

倉本　真三さんはプロデューサーですか？　監督ですか？

津川　一時、女優の宮城千賀子と結婚してましてね。それで、『歌ふ狸御殿』（1942年）なんかでね、もう一世を風靡して、その後はちょっと落ちぶれてね。

倉本　監督だったんですか？

津川　プロデュースですね、宮城千賀子の。で、ホントに口だけが達者で。

倉本　口だけ？

津川　ええ。うちのマキノ一家ってみんな口がたつんだけれど、真三さんはその中でもいちばん（苦笑）。これがまた、見てくれがよくて。遠くから見るとね、まるで英国紳士のようなね、すらーっとして格好良くてね。

倉本　見てくれがいいってのは得しますよね。もうホント津川さん、その髭をはやしてから、ホントに見てくれが良くなったよね。

津川　ありがとうございます（苦笑）。

倉本　いやいやいやいや（笑）。皮肉でも何でもないンだけど。

津川　（笑）え？？皮肉だったんですか？

倉本　四女のマキノ智子さんが、俳優の（四代目）沢村國太郎さんと結婚して、それで長門さんと津川さんが生まれたンですね。

津川　はい、そうです。

倉本　お母様のことは、後ほどじっくりお聞きするとして（笑）、沢村貞子さんは沢村國太郎さんの妹になるンですか？

津川　はい、そうですね。

倉本　加東大介さんも？

津川　はい、弟です。

倉本　ホントに華やかですねえ。沢村貞子さんとも僕は直接、仕事もしたし。……何て言うンだろ。お作法の先生みたいな方でしたね。

津川　（笑）。

倉本　だけど、若いころは左翼演劇か何かで捕まったりしてるでしょ？

津川　そうです。あの時代に女学校へ入って、女学校出てから共産党に入っちゃったわけですから。そりゃあもう生意気の、頂点ですね。それで投獄されて、懲りて共産党を辞めて女優になったんです。

倉本　そうですねえ。で、その弟さんが加東大介さんで、僕は加東大介さんとも、『6羽のかもめ』のときに、お付き合いしたンですけども。

長峰　遺作になった。

倉本　えゝ。お葬式にも行ったンだけども、そしたら沢村貞子さんが、「文部省推薦が死んじゃったよ。」って云ったのが偉い印象に残ってますね。

津川　（笑）。

倉本　そのぐらい真面目な方でしたね、加東大介さんて方はね。

津川　くそ真面目でした。

倉本　それで、長門さんは南田洋子さんと結婚する。津川さんは朝丘雪路さんと結婚する。この朝丘雪路さんは、日本画の有名な伊東深水さんのお嬢様である。で、おふたりのお嬢さんが加藤真由子さん。

長峰　真由子さんも女優さんですよね。

倉本　もうホント！　絢爛たる！

長峰　ホントに豪華な。

倉本　豪華絢爛というか、ものすごい家系。ホントにこれカツドウ屋の家系ですよね。

津川　……僕と雪会（雪路さんの本名）が一緒になった理由が、とても気が合うってことなんですが、何でこの人とこんなに気が合うのかな？と思ったら、お互い「三度笠」だったんですね。

倉本　（笑）

長峰　三度笠？？

津川　つまり、ヤクザってことですよ。我々カツドウ屋も任侠の世界ですし、向こうも、絵描きで、お母さんは芸者ですから。結局三度笠の渡世人たちですよね。

倉本　え丶。

津川　だから、普通の家庭じゃないってことですよ。お互いにね。

長峰　それぞれに芸をお持ちの方々ばっかりですものね。

倉本　でも確かに当時ね、カツドウ屋っていうのは、それほどつまり……何て云うンだろう、社会的なステータスがあるわけじゃないし、歌舞伎とも違うし。

津川　ええ、カツドウ屋は特にですね……牧野省三なんて千本組ですから。

長峰　千本組？

倉本　ヤクザですね。

津川　ええ、ええ。千本座（芝居小屋）の小屋主ですから。

長峰　京都の。

倉本　興行師というか、そっちですよね。

津川　ええ。だからそこはすべて千本組の縄張りですから。切っても切れない仲です。撮影所には、さらしにドスのんだのがね、照明部やったりいろいろしてたみたいな、そういう流れから出てきてますからね、活動屋は。

倉本　興業というより、やっぱりカツドウの世界だよね。

津川　ええ。

マキノ智子さんの血筋

倉本　お母様の、マキノ智子さんは女優さんだったンでしょ？

津川　そうです、初めは「マキノ輝子」って芸名で出てたんですが。最初、阪東妻三郎と恋をして。その後、月形龍之介と恋をして、それで子どもを産むんですよ。

倉本　その頃の月形さんには奥さんがいらしたンですよね？

津川　いらしたんでしょうね、今でいう不倫ですかね。で、その血を引いてますから、僕もいろいろとね。

倉本　そういう遺伝子を受け継いだわけですね。

津川　ええ、遺伝子ですね（笑）。

倉本　それはしょうがないですね（笑）。

長峰　情熱的な、お母様で。

津川　それが当時、世間にばれて、一度引退するんです。しばらく謹慎して、それで今度は、「マキノ智子」って名前に変えて再出発するんです。

倉本　マキノ智子さんて、日本映画で初めて水着になった人じゃないですか？

津川　そうかも知れません。輝子から智子になってからはね、やっぱりそういう傷が付いてますから、バンプ（魔性の女）役が多かったって。

倉本　あゝ、そうですよね。

津川　それで水着もやるようになったんですよね。

倉本　そうそう、僕、その写真見たことあるよ。

長峰　グラビアアイドルの先駆者だったんですね。

倉本　それで國太郎さんと結ばれて、長門さんと津川さんが生まれるンですけど、津川さんは、非常に母親にかわいがられたそうですね。

津川　そうですね。家族の中では、僕ひとりだけがあふれる愛っていうんですかね、もう一身に受けましして（笑）。

倉本　長門さんはそれほどお母さんにかわいがられなくて。

津川　まあ、それには因縁がありまして。僕の生まれる一年前に、テツヤって男の子が産まれてたんです。親父に言わせたら、テツヤがいたら、お前も長門もマネージャーと付き人だなって言われるぐらい、いい顔してたそうなんですね。

倉本　あ、。

津川　それが、一歳のとき風邪ひいて、こじらせて肺炎になって死んじゃったんですね。母親はもう身も世もなく、一緒に死にたいとまで思ってたところに、お腹に僕がいることがわかって。この子が身代りだよってことで辛抱して、で、僕を産んだんですね。それが、テツヤほどではなかったけど、兄貴よりはマシだった、ということでふたり分かわいがられた。

倉本　(笑)。

津川　それで阪妻さんも嵐寛寿郎さんも大河内傳次郎さんも歌右衛門さんもみなさん見舞いにいらして、僕の顔見て、「國さん、あんたの後を継ぐのはこの子だよ」と、こう言ってお帰りになったもんですから、母親も、後継ぎはこの子だ、という思いもあって、さらにかわいくなったんじゃないかと思うんですがね。

倉本　やっぱりその当時の後を継ぐっていうのは、俳優のご一家としては、「顔」ですか？

津川　顔ですね、当時は（笑）。

倉本　（笑）「演技力」よりも？

津川　ええ、そりゃあもう子どもに、演技力はないわけでねぇ。

倉本　そうすると長門さんはやっぱり、だいぶひがみがあったンでしょうね。

津川　そうでしょうねぇ。……でも、「やりたい」と思ってたのは兄貴なんですね。

倉本　あゝ、芝居を。

津川　ええ。で、僕はどっちかと言えば、そんなにやりたくなかったわけです。

映画デビューもろもろ

津川　最初に映画に出たのは5つのときですけども。

倉本　あれですよね、阪妻さんの『狐の呉れた赤ん坊』（1945年大映・丸根賛太郎監督）。

津川　はい。ホントはその前に『乞食大将』（1952年大映・松田定次監督、製作は45年）っていう映画があったんです。でも、それが検閲にひっかかって、つまりチャンバラがあったもんですから。

長峰　検閲って、戦争が終わっていたのに？

倉本　GHQ（進駐軍）の検閲が厳しかったンだよ。

津川　チャンバラ禁止。鎧・兜もダメ。戦さにつながりそうなものは一切禁止。

長峰　はいはい。

津川　でもそれも7年後には封切られたんですがね。だから最初に世の中に出たのはその『狐の呉れた赤ん坊』の方でした。

倉本　はい。

津川　その『狐の呉れた赤ん坊』では、お殿様の側室にできた子の役なので、捨てられたんですね。それが阪妻さんの駕籠かきに拾われて、かわいがられて育てられるんです。貧乏なのに、おもちゃをいっぱい買ってもらったりしてね。

倉本　あぁ。

津川　それである日、子どもがお父さんが貧乏だって分かって、そのおもちゃ箱を引っ張ってきて、「ちゃん、これ売ってもいいよ」って言うんですよ。それでお父さんが子どもの心情にほだされて、「坊！」って言ってふたりで泣くところがあるんですけども。

倉本　見せ場ですね。

津川　今でも忘れないんですけど、僕はわけわかんないから「アーンアン、アーンアン」って口だけで泣いていたら、阪妻さんが「マー坊、アーンアンではダメなんだ。本当に涙を出して泣かなきゃダメなんだ」って言われて。でも、悲しくないのに涙なんて出ないよって思ってたら、おふくろがそばに来て、「お母ちゃんが死んだと思いなさい」って。……そんな5歳でね。ふだんお母ちゃんが死んだなんて思わないじゃないですか？

長峰　ねぇー。

津川　でも、一応言われたから「お母ちゃんが死んだら、どうなる」と思ったら、ホントに悲しくなってきてね。で、「泣くから本番行ってください！」って。

倉本・長峰　（爆笑）。

津川　阪妻さんもみんなあわてて、「マー坊が泣くから本番や！」って言ってキャメラがまわって、「ちゃん、これ売ってもいいよ」で、「ウワァー！」って抱きついたら、ホントにワンワン涙が出て。阪妻さんが大喜びで「ＯＫ！　ＯＫ！」って。

長峰　良かったですね。

津川　みんなでＯＫ！　って盛り上がったら、録音部さんが「ＮＧ！」って。僕の泣き声が大きすぎて阪妻さんのセリフが聞こえなかったらしいんですね。

倉本　うン、うン（笑）。

津川　そしたらね、阪妻さんが、「バカヤロウ！」って。「マー坊が泣けば、観客が泣くんだ。俺のセリフなんてどうでもいい！」っておっしゃってね。それで、ＯＫになったんですけどね。

倉本　ほー。

津川　そのときにね、子ども心に思ったのは、「そうなんだ。観客さえ泣けばそれでいいんだよなぁ」って。「阪妻さんのセリフでも、どうでもいいんだよな」って。

倉本　え、。

津川　僕も、もう一回やるの嫌だったし。観客が泣けばいいんだって……ホント今でも、阪妻さんいいことおっしゃったんだなって思いますね。

倉本　そうですね。

舞台デビューもろもろ

津川　親父が劇団作って、……新演技座って名前だったかな？

倉本　（資料を見て）その『一本刀土俵入』で初舞台、とありますが。

津川　ああ、はい。お蔦の子の役をね、やりました。

倉本　あれは女の子ですよね。

津川　ええ、女の子役で。

長峰　かわいかったでしょうね。

津川　（笑）当時僕は、ギャラにね、おもちゃをもらったん

です。ブリキのジープを5台。下にゴムが巻いてあって、車輪をまわすとゴムがまわってですね、それが原動力になって、下ろすとシャーっと走るんです。

倉本　(笑)。

津川　それで、ギャラのジープが15台たまったら、大道具さんが車庫を作ってくださって、2階建ての立派な奴をね。ところが上の階に上がるスロープがないって文句を言ったら、ちゃんとスロープまで作ってくださってね。もう、嬉しくってね(笑)。

長峰　津川さんのおもちゃ好きの原点ですね。

津川　そうですね。それで、芝居で東京から九州もまわったんですけども。東京へ行ったらですね、デパートに電気機関車が飾ってありましてね。

倉本　模型の?

津川　メルクリン(リアルな鉄道模型)のですよ。

倉本　はいはい。

津川　おもちゃでここまでのものがあるのか！　っていう、僕にはもう夢のような世界で。おふくろに「欲しい」と言ったら、おふくろは絶対僕には「ノー」って言わない人だったんだけど、さすがに値段がものすごかったから、「お父さんに聞いてみよう」って。

長峰　ええ、ええ。

津川　で、宿屋へ帰って、親父に「欲しい」って言ったら、「バカ」って。それでお終いだったんですね。

倉本　（笑）。

津川　その公演で、九州の福岡へ行ったときに、芝居が終わったあと、親父に呼ばれて部屋に行ったら、立派な紳士がいらして。で、「この方はお父さんが尊敬する長谷川伸先生とおっしゃる方だ」と。

倉本　あゝ、作者の。

津川　はい。そしたら先生が「え？　君が今お蔦の子をやってた女の子かい？」っておっしゃるんで、「はい、そうです」と。「君、男の子じゃないか」って。「はい」と。「いやあ、おじさんはねえ、今の今まで女の子だと思ってたよ。いや、騙されてたなあ」「たいがいおじさんは芝居見てね、男の子が女の子やったり女の子が男の子やったりってわかるんだがね」「でもうまかったよ君、女の子に見えたよ」って。

長峰　うーん。

津川　ところが、「ああ、そうかそれでか。君ね、時々ね、芝居の途中で前を掻くんだ」って。

倉本　(笑)。

津川　「僕は、女の子だと思ったから、女の子も前を掻くことはあるのかな?とは思ったんだ。でもね、君が男の子だとすればね、あれはやっぱり女の子はやらないと思うんだな。あれは気を付けた方がいい」って言われて。恥ずかしくてね、今だに覚えてるんです。

倉本　なるほど。(長峰に)長谷川伸さん知ってる?

長峰　劇作家さんですよね?

倉本　そうだよ。

津川　『一本刀土俵入』(1931年)をお書きになった。

倉本　とか『瞼の母』(1930年)とか。

長峰　ええ。

倉本　実は僕、親戚なンですよ。
津川　えっ！　ええっ！
長峰　と、遠い？　近い？
倉本　遠い。
津川　ああ、そうですか。
倉本　僕のおばがね……つまり、まず長谷川伸さんのお母さんが、よその家へ行っちゃって、それを長谷川伸さんが恋うるのが、『瞼の母』ですよね？
津川　ああ、なるほどすごいや。
倉本　で、会いに行ったときに瞼の母側に子どもがもう出来てるわけですよ。そのひとりが僕のおばなンです。僕のおじさんに嫁いだから、直接の血のつながりはないンだけれど。
津川　はあはあ。すげえすげえ。
倉本　僕、シナリオライターになった当初、映画会社行って、「実は親戚、遠い親戚なンです」って云うとね、「え！」って云ってね、重役たちの態度がガラっと変わるンですよ。

津川　変わりますよ、そりゃあ（笑）。

長峰　それほど、有名な作家だったんですか？

津川　そりゃあもう日本一ですよ、天才ですよ。『瞼の母』にしても、もう『一本刀』なんて最高ですからね。

倉本　そうですね。

長峰　その方に、ほめられたわけですね。

津川　ええ。それでね、旅館へ帰ったら、電気機関車が置いてあったんですよ。

長峰　もしかして？　欲しかったあの？

津川　メルクリン！　それで僕はびっくりして、「何で？」って親父に聞いたらね、「お父さんは長谷川伸先生に、一度だってほめられたことはない」。

倉本　（笑）。

津川　「それをおまえはほめられたんだ」「これは電気機関車に値する」って。

長峰　うわぁー。

津川　それでそのときにね、いい芝居をすると、あの星が欲しいと言っても取ってもらえるぐらいのものなんだ、って僕は思えたんですね。だから、親父にいい芝居をすることは夢を叶えられることなんだって、自分の役者根性にたたき込まれたんだなって。

倉本　(笑)。

津川　親父に、ものをもらった覚えはそれしかないんですけど、そのひとつの効果は絶大でした。

長谷川一夫と共演

倉本　13歳のときに、長谷川一夫さんの『獅子の座』(1953年大映・伊藤大輔監督)っていう作品で。

津川　主役の長谷川一夫先生の息子役で、跡目を継いで将軍の前で晴れて能を披露するまでの話なんですよ。ですから「実質、主役はお前だ」と母親と親父に言われ

倉本　まして。それから、母の兄の雅弘兄さんに呼ばれて、2階に行ったんです。
津川　監督のマキノ雅弘さん？
倉本　そのときはもう、轟友起子さんと別れて、うちの2階に居候していたんですね。
津川　……出入りが激しいですね（笑）。
　（笑）それで、「ちょっとそこに座れ」と言われて座ったら、「お前は『獅子の座』で長谷川一夫を差し置いて、主役をやるんだ」「その意味が分かるか」と。
倉本　うン（笑）。
津川　で、「はい」って言ったらマキノ先生は、ならば、その「目のパチパチ」をなんとかしろと。当時、僕は目をパチパチする癖があったんです。それで、話をしながら目をパチッとでもまばたきしたら、雅弘兄さんが持っていた、このぐらい（約1m）の竹のものさしで、パーンと。
長峰　うわぁー。
津川　「まばたきをしたらいかん！」「お能をやる人はまばたきなんかせん！　だからまばたきはするな！」と。「本番中も、まばたきなんかしたらこれだ！」って、容赦なくものさしでパッチンパッチン。

長峰　ひゃあー。

津川　これをね、3時間、いや5時間ぐらいやられたと思うんですけどね……とにかくまばたきはできない、でも目は痛くなって涙がポロポロ出てくる。

長峰　かわいそう。

津川　それで、正座しているから足がしびれるわで……

倉本　体罰を受けながら(笑)。

津川　(笑)芸ってのは厳しいもんだって、こういう風に覚えたんですね。今でも、普段はパチパチはするんだけど、本番って言われるとしないですね。

倉本　あぁー。

津川　で、それを長谷川一夫先生も不思議に思って「マー坊は、普段目をパチパチしてんのに、本番って言うとせえへんな」「それは、なんでや?」って言われて、僕も返答に困って「先生、それも癖ですわ」って言ったんですけどね(笑)。

倉本・長峰　(笑)。

倉本　ものさしのおかげですって（笑）。

津川　（笑）ホントものさしのおかげですわーっていうことですね。

巨匠・溝口健二監督

倉本　14歳で、こんどは溝口健二さんの『山椒大夫』（1954年・大映）で厨子王をやるンでしょ。

津川　はい。『獅子の座』を溝口先生がご覧になって、「あの子がいい」とおっしゃったそうで。僕はその当時、もう芝居をやる気がなくなって、もうやらんから兄貴にさしてくれと言ったら親父がね、「溝口組だぞ、お前！　溝口組だぞ、お前！」って。「俺だったら、まる坊主にしろって言われても出るんだぞ！」って。

倉本　（笑）。

津川　で、「むげに断ったら俺の立場がないから会いに行くだけ行ってくれ」「会いに行くだけでいいから！」って言うんで、会いに行って。

長峰　はい。

津川　で、会ったら、もう否も応もないんです。「よし！　この子で良い」って言われて、「え？」って思っているうちに、衣装合わせをさせられ、カツラ合わせをさせられっていう風にオートメーションでまわされてですね。

倉本　（笑）。

津川　それで厨子王の恰好で先生のそばに立たされて、先生のチェックを待つんですが、その前にエキストラのおばあさんたちが衣装とカツラのチェックをしてて。そのおばあさんなんかは、「先生。歯を2本抜いてきたんですが、これでいかがでしょうか」って言うと「足らないな、あと3本抜きなさい」なんておっしゃってる。

長峰　うわー。

津川　ひどい先生だなって思ってね（笑）。でも、『山椒大夫』ですからね。人買いに騙されて、みんな奴隷のような重労働させられているわけですから。そういうみすぼらしい恰好にならなければならないわけで。だからそういう過酷なことをおっしゃったんでしょうけど。

倉本　役者が自分の歯を抜いてまでやるんですからね。

津川　でもとにかく、子どもの扱い方もひどい監督でしたね（笑）。

倉本　うむ（笑）。

津川　今でもご活躍の井上昭さんが当時助監督で、僕にいろいろ優しくしてくださってね。薪を担いで行くシーンで、薪を2つぐらいにして、「雅彦ちゃん、あんた名子役やから重そうに歩いてな」って。それで「まかしとき！」って言って、テストで重そうに歩いてみたら、溝口監督に「軽すぎる、ダメです！」って言われて。「もう1本積みなさい。もう1本！」ってどんどん増えて。それこそね、前へ歩けないぐらい重く積まれて。それでやっと歩けたらＯＫが出たってぐらい。まぁ、確かにリアリティは出せたっていうか。

長峰　追求していたんですね。

倉本　溝口さんのリアリズムは、すごかったでしょうね。

津川　ホントに。人買いにさらわれるシーンの撮影が、彦根でね、ぼたん雪が降っている寒いときだったんですよ。それでテストを助監督さんが長靴を履きながら川に入っているのを見ながら、火にあたりながら待機していたんですが、そしたら監督が「坊やも、川に入れなさい！」って。

長峰　え？　テストで？

津川　それで、僕らもテストで川に入ったんですけど、まあ、冷たいのなんのって。そしたら母親役の田中絹代さんが「じゃあ、あたしも入ります」って言ったら、「あなたは風邪をひくといけません！」って。

倉本　(笑)。

津川　僕らはひいていいのか？　って。

長峰　子どもたちは(笑)。

津川　まあ、当時、溝口先生は田中絹代さんに惚れてたんですね。

倉本　(笑)あゝ、そう。

津川　それでね、溝口組は、撮影がなくても君は全シーン見に来てなさいって言われて。だから僕ら休みなしで現場に丸一年行ってたんです。

倉本　はぁー。

津川　それで一年学校を休んじゃって、……落第しちゃったんですね。

長峰　あらー。

津川　それでマキノ先生が僕を連れて大映へ行って「おい、溝口いるか？」って。溝口組の部屋に入って行って、「おい、溝口」「あのな、お前は一年かけて楽しんで良かったろうけど、こいつはな、それで落第しよったんや」「そのおかげでな、こいつの将来、この一年が致命傷になるかもわからんのや」って。

長峰　はい。

津川　「お前が楽しんだ分な、お前はこいつを犠牲にしたんやからひとこと謝ったれ」と。

倉本　ほぉー。

津川　そしたら溝口先生は「はい、わかりました」って。あのベレー帽を脱いでね、「坊や、ごめんなさいね」っておっしゃったんですよ。そのときね、恐れ多いとは思ったけど、正直思ったのは……これまったくヤクザの世界だよなってね（笑）。

倉本　（笑）やっぱり千本組の血を引いてるンだな。

津川　そうなんですよね。活動屋って、やっぱり私はヤクザだなぁって思いましたね。

倉本　僕も長門さんが撮った『カツドウ屋一代』（1968年毎日放送・全26回）っていうドラマの脚本を書いたんだけど、マキノ雅弘先生が監修だったから、初めてお家に伺ったんですよ。

津川　はい、はい。

倉本　そのときに、マキノさんにいろんなお話を伺ってね。でも、ホント勉強になりましたねー。

津川　話し始めたら口が止まらないでしょ？

倉本　うン。よく知ってるなーと思って、いろんなことを、ホントもう教わりましたね。

『狂った果実』

倉本　それで、役者じゃなくて新聞記者に憧れて、早稲田大学高等学院に一応、お入りになるンでしょ？

津川　はい。

倉本　その在学中に、『狂った果実』（1956年日活・中平康監督）に出ることになったいきさつっていうのを、ちょっと聞かせてください。

津川　はいはい。

倉本　その前に『太陽の季節』（1956年日活・古川卓己監督）で、長門さんと南田さんが鮮烈に出て。その前に石原慎太郎さんが出てきて。

津川　はい。『太陽の季節』が大ヒットしましてね。で柳の下のドジョウを狙って、2本目として、慎太郎さんが書いた『狂った果実』をやろうって。

倉本　中平さんでしたよね？

津川　監督はね。兄貴はぜひそれにも出たいと言ったんだけども、年齢が違うということで、もっと若いのって探してたら、日活のパーティーかなんかに僕が兄貴と一緒に行ったことがあるらしくて、その帰り道に慎太郎さんとすれ違ったらしいんですよね。

倉本　うン。

津川　で、それで慎太郎さんが「あいつだ、あいつだ！」ってことで。「あれ、どこの子だ、探せ！」っていうことになって。それであれは、長門裕之の弟だということが判明して。

倉本　うン。

津川　早稲田学院の授業さぼって、バスケットの合宿に行ってたら、早稲田の学院長、『おはなはん』をやった樫山文枝のお父さんが学院長で、その樫山学院長から電話で、「ありゃー。さぼってるのがバレちゃったかなー」と思って出たら「お父さんお母さんがお呼びだから、すぐ帰れ」と言われて。それでびっくりして家に帰ったら、『狂った果実』に出ろって。

長峰　ええ。

津川　「そこで、新聞記者になるつもりで僕は早稲田に入ったんだから、出るのはイヤだ」と言ったら、兄貴が「出ろ！」って言うんですよ。

倉本　へぇ。

津川　「なんでだ？」って言ったら、「この映画に出たやつは必ずスターになる」「100％そうなるんだ」と。「でもな、考えて見ろ」「これ、ほかのやつがやったらな、俺のライバルが出来るんだぞ」

長峰　スターがもうひとり生まれる。

津川　「でも、お前は役者やる気がないんだろ？　そしたら、これ1本やってやめればいいじゃないか」「そしたら俺のライバルをつぶすことになるんだよ」と。

倉本　（笑）。

津川　「お前、弟なんだから、それくらい協力しろ」と。「兄貴を助けると思ってやれ！」と言われて。あぁ、そういうことなら、1本ぐらいなら出るか！って。でもそれがえらい兄貴の誤算でね。結局出たら、まぁおもしろかったし。もう出る前から、プロマイドの売れ行きがすごくて。当時は大川橋蔵、中村錦之助がアイドルだったんですがね。

倉本　そうでしたね。

津川　それを抜いてプロマイドの売れ行きでいきなりトップになっちゃったんです。

映画が出る前に。

長峰　出る前にですか？　それは前評判で？

津川　雑誌やなんかにいろいろ出るでしょ？　それで良い顔をしてるってんで、それで売れちゃったわけですね。

長峰　はー、はい。

津川　街を歩いたら、女の子がキャーキャー言ってくれるわ、雑誌やなんかで、いい大人がもう手をこすり合わせて、ちやほやおだててくれるわね。もう、どこに行ったっていい気持ちだらけですよ。もうこんなおもしろい世界はないなーと思えて（笑）。

長峰　ええ。

津川　やめるとは言ったけど、考えてみれば、新聞記者だってね。すぐ社会部の記者になれるわけはないし。

長峰　大変ですよ。

津川　でも、役者はすぐスターになれたんだから、こっちの方がいいって。それで、簡単に進路を変えちゃったんですね、役者の方に。

倉本　うン。

人気の天国と地獄

津川　彗星のごとくスター登場ってやつですよ。そしたら、日活で兄貴の企画だったやつが、全部僕の方に来るようになっちゃったわけです。で、兄貴の仕事がなくなってきて。一緒に住んでましたからね、もううちの中がトゲトゲになってね。

倉本　うむ。

津川　毎日、雑誌社から電話がかかってきて、それをお手伝いさんが取る。それで「はい、はい、あー、グラビアと対談ですか？　あ、津川雅彦ですね」ってそこまで聞くと、兄貴が飲んでたコップをガシャーンって庭に投げつけてる音がね、聞こえてくるわけですね。

長峰　あらー。

津川　そういうのがずーと続いて。もううちの中、真っ暗で、あまり良くないなーと思って。

倉本　それで松竹に移られる?

津川　いや最初は兄貴が行こうとしたんですね。松竹も「いらっしゃい。いらっしゃい」ってんで。当時は五社協定があって、五社の所属の役者が移っちゃいけないってことになってたんですけど、五社以外の日活から引き抜くのはいいんですよ。

倉本　あ、。

津川　それで兄貴が日活に「もうやめます」と言ったら、若い役者がみんな兄貴を慕ってて、みんなが泣いて「長門さん、やめないでください」と。「すべて津川のせいでしょ?」「だったら、津川がやめればいいんじゃないですか」って、みんなが泣いて止めたんで、「そりゃあそうだな」って兄貴も(笑)。それで僕が呼ばれて「お前やめろ」と。

倉本　(笑)。

津川　でも僕はね、この「良い顔」さえあれば、どこの会社に移ったって、大丈夫だって思ってたから。「いいよ移るよ」って。

倉本　（笑）しかしまぁ、よく自分のことを美貌だ、美貌だって云えると思って俺は感心するンだけど。これはジョークですか？

津川　（笑）僕ももう73ですからね。もうこの髭面で73になってね。それぐらいのジョークは、ぜひお許しを（笑）

倉本　（笑）それで松竹に移られて。でもその松竹では鳴かず飛ばずだったでしょう。

津川　村上元三先生と幸田文先生のおふたりが後援会長になってくださってまして。それで移籍のご相談に行ったら、「ダメ」って言われて、「お前ね、役者はお神輿なんだ」「客に担がれてるんだよ」「そのお神輿が、勝手に自分で足出して、日活から松竹に移ってみろ、ファンは興ざめだよ」って。

倉本　（笑）。

津川　いっぺんに人気落ちるって言われたけど、でもこれだけ顔が良いんだからって、自信満々で松竹に行ったら、最初の一本目が木下恵介さんの『惜春鳥』（１９５９年）で、木下監督の作品はコケたことがないと言われていたんですけど、……大コケしたんですよ。

倉本　あー。

津川　それから出る作品、全部大コケ。あれ不思議なもんですねぇ。芸能の神様にたたられたんでしょうね。

倉本　見放された。

津川　もう、すごいもんですね。やっぱりお神輿は勝手に足出して歩いちゃいけないんですね。人気者は特にね。

倉本　なるほどねぇ（笑）。そのころそうやって津川さんが、落ち込んでるというか、落ち込んでいないのかもしれないけど。

津川　ダメになったときに？

倉本　そう、ダメになったときに、長門さんのほうはブルーリボン賞獲ったり、どんどん上向きになりますよね。

津川　そうですね。運ってのはおもしろいもんですよね。やっぱり役者には、至難というか、苦労が必要なんだなって思いましたね。……兄貴は僕という目の上のたんこぶを抱え嫉妬に悶え苦しんだおかげで、役者として一段と成長した。運が向いた。……今村昌平先生と会って『豚と軍艦』（1961年日活）、そして『にあんちゃん』（1959年日活）と作品に恵まれ、26歳であの賞を取りました。

長峰　ブルーリボン主演男優賞。

倉本　これは津川さんとしては、心穏やかだったンですか？　単純に喜んだンですか？　それとも嫉妬があったンですか？

津川　その時点ではこっちも落ち目に慣れてて性格的にも鈍感な質だから、これは当然のなり行きだなぁとあきらめてました。

倉本　当然ですか……それで松竹も解雇されて、日生劇場で三島由紀夫さんの『恋の帆影』（1964年）っていう芝居で、水谷八重子さんと共演されましたよね？

津川　ええ、ええ、

倉本　その時演出の浅利さんに、活舌《かつぜつ》を徹底的に鍛えられたとか？

長峰　劇団四季の浅利慶太さん。

津川　本読みの初日にですよ、「ちょっと、津川。お前のアーティキュレーション（活舌など明瞭な発声）が良くない。あいうえお、かきくけこって言ってみろ」と言われてやったら、「ダメだ！」それで、「アーティキュレーションを勉強に行って来い。俺がいい先生紹介するから」って言われて、それで毎日、発声の先生とこへ行きましてね。

倉本　どうでしたか？

津川　まあ。そのおかげで、とっても勉強にはなりましたよ。

長峰　津川さんのセリフまわしはとても聞き取りやすいですものね。

津川　とにかく三島由紀夫さんが、恰好良くてねー。初日の日にタキシード着て「おはよう！」って僕の部屋にいらしてね。「シャワー貸してくれ」って言って「はい、どうぞ」って言ったら、パパパーと脱いでね、シャワーにお入りになって。でも、ちょうどタオルを切らしてまして。

倉本　なかった。

津川　タオルがないって言ったら、「いや、いいんだ」って、濡れたままシャツをぱっと着てねー。

長峰　あら……。

津川　なんか、濡れた体の上にシャツを直接着ると。
倉本　あ、筋肉がね。
津川　出るんですよねー。それでねー、恰好いいなーって思ったんだけど、後でみんなから、「お前、狙われたんだぞ」って言われて、「あ。そういうこともあるのか……」と思ったりしたこともありますけどね。
倉本　なるほど。
津川　でも、いい思い出です(笑)。

日本一の嫌われ者

倉本　ここら辺からなんか、非常にスキャンダルがいろいろありますよね。
津川　はい、はい。それでそういう事件がいろいろあって、どんどん仕事を干されましてね。
倉本　えゝ。

津川　当時、今井正先生がとてもかわいがってくださって、いろいろ使ってくださってたんですよ。でも「津川さん、あなたのスキャンダル、何とかなりませんか？　スキャンダルのイメージが大きくて、役として使えないんですよ」って。でもまー、しょうがなくてね。

倉本　（笑）遺伝子だからしょうがない。

津川　はい。はい（笑）。そうこうしてたら、仲のいい朝日放送のディレクターが、「お前、女性週刊誌に4週もトップで出てる」「電車の中刷りに毎週ずらっとお前のことが出てる」「喫茶店に入るとね、みんな津川のスキャンダルを話題にしている」って。「これな、宣伝費にして考えてみろ。もう何十億だぞ」と。

倉本　（笑）なるほど。

津川　「その何十億分、お前は宣伝をしたんだから、利用しろ」て言うんだけど、どう利用すればいいいんだって（笑）。

倉本　（笑）。

津川　日本中の人にいちばん嫌われてるのは誰だって言ったら、津川雅彦だっていう世の中で、どうやって俺は役者をやっていったらいいんだって言ったら、「だからさ。敵役をやったらいちばん喜ばれるぞ」って言うんですよ。

倉本　悪役というヤツ。

津川　「あっなるほど」ってね。で、そのディレクターが『必殺』(『必殺仕事屋稼業』)のディレクターだったんですよね。

倉本・長峰　あー。

津川　で、「必殺」の各シリーズごとに一作目は必ず悪役で使ってくれてからですね、芽が出始めたのは。

倉本　だから『太陽がいっぱい』(1960年)でアラン・ドロンが悪役で、非常に輝きますよねー。

津川　あっはいはい。

倉本　つまり、ああいうものが参考になったってことはあるでしょうねー。

津川　そうですね。ちょうどそういう時代でしたし。それから倉本先生ね、僕は悪役をやってね、いちばん勉強になったことはね、つまり悪役って最初はいい人で出て来るでしょ？　それが途中で、ガラッと裏切って悪くなっちゃう。この人間の裏表を演じることが出来る。これがね、やってて楽しかったし、裏表ってどんな人間にも必ずあるものだから、人間を演じることの基本の勉強になったんですよ。

倉本　あー、なるほど。

津川　だから、これがある意味で、芝居ってものがおもしろくなったきっかけですね。

倉本　うンうン。

朝丘雪路さんと結婚

倉本　それで33歳で朝丘雪路さんと結婚するでしょ。朝丘さんは年上でしょ？

津川　5つ年上ですね。

倉本　おふたりのお付き合いを表す言葉に、「トゥーマッチ求愛」という言葉があるンですけど、これはどういうことなんでしょう？

津川　僕はよくトゥーマッチ、「やりすぎの津川」って言われるんですけど、雪会の場合、向こうも結婚してましたから。

倉本　まだ離婚してなかった。……不倫専門でしたね（笑）。

津川　ええ、遺伝ですから（笑）。

倉本　それで結婚なさるときは、「お互いの性格が不一致だから」と云ったそうで。

津川　記者会見のときにね、「なぜ結婚なさったんですか？」と聞かれて、「すれ違いと性格の不一致です」って言ったんですね。「それは離婚の原因なんじゃないですか？」と。それでみなさんはそうでしょうけど、僕たちにはね、魅力の原因なんですと。つまり、「すれ違い」というのは、いつも会わないわけだから常に新鮮なわけでしょ。いつも会いたい、もっと会いたいなと思う要因になるわけだから。

長峰　なるほど。

津川　「性格の不一致」というのは、いつまでたっても、相手がよくわからないということだからね。いつも不思議な相手なわけですよ。

長峰　ミステリアスな。

津川　ワンダーともいえますね。だから、いつまで経っても飽きないということですよ。

倉本　離婚の理由を結婚の理由にすれば別れにくいんじゃないかとね。それをね、沢村貞子さんからも言われたんですよ。

津川　沢村さんに。

倉本　喧嘩してね、男は二言目にはすぐカッとして「別れよう」と口にするんだが、それだけはやめな。そのうちのっぴきならないことになるよってね。だから、別れないためにはどうすれば良いかと考えて、お互いにいつでも離婚ができる状態を作っておくと、逆に別れようと思わないだろうっていうんで、結婚届と同時に離婚届を用意して、お互いハンコをつきましたよ。

長峰　はーー。

津川　こないだ引っ越しをするんで、片付けてたら、まっ黄色になった離婚届が出てきましたよ。ただ、あれは無効ですね。仲人の長谷川先生の印が押してないんですね。

倉本　結婚は何年前ですか。

津川　僕が33の時ですから、今から40年前。

倉本　40年続いちゃったンですね。
津川　もう別れられないですね。
長峰　それが秘訣だったんですね。
倉本　詭弁もここまでくればすごいなと思いますね。桂文楽だったかな、浮気のまっ最中に後ろのふすまがあいて、そこに女房がいたンだって。それで女の上で振り向いて、「俺じゃない」って云ったっていう有名な話があるンです。この詭弁は世界の最たる詭弁だと思うンだけど。
津川　素晴らしいですね。落語家ならではですね。
倉本　「俺じゃない」に似てますよ、あなたの方が(笑)。

愛娘・真由子さん誘拐事件

倉本　真由子さんができて、育児書を読みまくったって、やっぱり子どもができるってのはそれほど重いことですか。

津川　もちろん、欲しかったですからね。それで片っ端から育児書を、読みまくったんです。

倉本　なんか、雪路さんの方は悪阻《つわり》がないのに、あなたの方が悪阻になったっていう話が（笑）。

津川　（笑）本当です。朝、歯を磨いてるとね、ぼっと吐くんですよ。次の日も歯を磨いてたらぼっと吐くんでね、あれぇー？　と思って。で、病院に行って「先生、なんか歯を磨いてると吐くんですけど、胃の調子でも悪いんですかね？」って。「それ悪阻ですよ」って言われて、「えぇー!?」って

倉本　（笑）。

津川　「朝丘さん悪阻ないでしょ」っていうから「あぁ、ないですね」って。「そういうの伝染《うつ》るときあるんですよ」って。

長峰　へぇー。

津川　僕はどうしても女の子が欲しくてね、それで娘が生まれたから、天にも昇る思いとはこのことですね。

倉本　その真由子さんが誘拐されたのは、生後5カ月ぐらいですか？

津川　そう、5カ月のときです。そばに寝かしてた家政婦に、夜中に「旦那さま」って起こされたんです。……あれおかしなもんですねぇ、第六感っていうんですかね、あのひと言目の「旦那さま」って声で、ドーンと胃の上に重い石を乗っけられた感じがしたんです。

倉本　あぁー。

津川　「なんだ！」って聞いたら、「真由子さんがそちらにいらっしゃいませんか？」って、もうそれで、「やられた」って思いましたね。

倉本　ほぉー。

津川　つまり、5カ月の真由子が、あの高いサークルを勝手に出てね、僕の部屋に来るわけがない。

長峰　そう、無理ですね。

津川　いきなり、玄関へ降りて行ったら、鍵が開いてたんですよ。「あーやっぱり」って外に飛び出して、四つ角まで行けば大臣の家の前に立ち番の巡査がいるので、

「うちの娘が誘拐されたんですけどこの前を通りませんでしたか?」って、「いやっ、こっちの方は誰も」って。

長峰　ええ。

津川　それで反対側に走って探したんだけどいなくて、うちへ帰ったらねぇ、もうパトカーが10台ぐらいいまして、中へ入ったら制服のおまわりさんですし詰めでした。

倉本　誰が知らせたんですか?

津川　その立ち番の巡査がでしょうね。ふっと気がついたらその制服が、みんな私服のおまわりさんに変わっていて。

長峰　刑事さん。

津川　そこから、聴取が始まって。犯人からそこに電話が、かかってきて。

倉本　身代金の要求?

津川　「400万円、持ってこい」と言ったんです。

倉本　男ですか？

津川　男です。まだ逆探知の機械をつける前で、警察から「引きのばしてくれ」って言われて、「その400万は、どこに振り込めばいいんですか？」って言ったら、どこどこの何々口座って言ったら、そこでガチャンと切られて……。

長峰　あぁ……。

津川　それで、やっと逆探知ができるようになったときに、また電話かかってきたんです。

長峰　はい。

津川　朝の5時過ぎだったですけど、「もしもし？」って言ったら、「誰だ」って言うから、「誰だって、あなた誰ですか！」って言ったら、「タツミだ」「タツミ？　タツミ？　……どちらのタツミさんですか？」「馬鹿野郎！　辰巳柳太郎だ！」って。

倉本　（吹き出す）

津川　「辰巳先生がなんの御用でしょうか」「馬鹿野郎！　津川か！」「はい」「お前なんで

倉本　そこにいるんだ」って。「いや、ここは僕のうちですから」「だから！　お前！　ゴルフの約束はどうした！」……つまり、その日ゴルフの約束をしてて、5時なんぼには、辰巳先生と待ち合わせたところへ行かなきゃいけなかったんですよね。

長峰　(笑)。

津川　それどころでは……。

倉本　それで、「先生、今日はよんどころないことで、ちょっと行けなくなりました」とお願いしたら、「それはない」「ゴルフに、〝ごめんなさい〟はないんだ！」

津川　(笑)子どもが誘拐されたってことは云わなかった、云えなかった。

長峰　言えない！　それは警察が駄目だと。

津川　捜査中だから、はい。

それでねぇ、なにをどう言っても、「あ、雪会とケンカしたのか、よし雪会を出せ」とかね(笑)。しつこかったがそれでもやっと、「これだけお前が言うんだから、なんかあるな。よし分かった、今日は諦めてやろう」って、電話を切っていただいたんですけど、それまで30分ですよ。

長峰　そんなに！（笑）。

倉本　（笑）そういうときって、それはやっぱり、うン、喜劇ですよね。

津川　ええ。喜劇ですねぇ。

倉本　悲劇だけど、喜劇ですよねぇ。

津川　事件が終わってからね、辰巳先生から電話がかかってきたんですよ。「雅彦かぁっ！」「はい」「ごめんな！」「ごめんな！」……もう泣いてらっしゃるんですよ。「ごめんな！今な、女房が後ろからな、俺の頭ひっぱたいてんだよ」

倉本　（笑）。

津川　「いちばん大変なときだったんだよな！それに俺はお前を、30分だぜ」「30分お前を手こずらせた！」「これからな、お前に謝りに行きたい。いや電話じゃなくて、お前の顔を見て謝りたいから、行っていいか」っておっしゃる。「いやもう先生、もうそんなことしていただかなくて結構ですから」って言っても、「いや、どうしてもお前の顔を見て謝りたい」って。

長峰　はい、はい。

津川　それでしばらくしたら、先生がいらして、飛んで出たら玄関の土間に土下座をして、「雅彦おっ！悪かったあっ！」「勘弁してくれえっ！」って。ホントにねぇ、喜劇っていえば、ホント喜劇（笑）。

倉本　（笑）ホントに喜劇って、悲劇の中で起こるんですよねぇー。

津川　ねえ。

倉本　それで真由子さんが戻ってきたのは、何時間後ぐらいなンですか？

津川　早かったですねぇ。盗まれてから二昼夜だから、48時間、50時間ちょっとぐらいですかねぇ。

倉本　実際に戻ってきたときには、どういう感じなンですか？

津川　やっぱり地獄から天国！っていう感じですねえ。警察に感謝です。

倉本　その、犯人に対してはどういう感覚でした？

津川　いや、それはねえ……娘が無事に戻ってきてくれたんで、そんなにたいした憎しみはなかったんですけどね。でも、あとで監獄の中の犯人から謝り状が届いたんです。「私は、貴方様が、目に入れても痛くないかわいいお子様を誘拐した、不届き者でございます」っていうね（笑）。

倉本　ほぉー。

津川　それを雪会に見せたら、「あら、殊勝じゃない」「許してあげましょうよ」って言うんだけど、「ちょっと待て」って。「俺たちはどんだけ苦しめられたと思ってるんだよ」って。「ましてな、この〝不届き者〟なんて言葉。自分じゃ書いてないぞ」「弁護士とか検事がよく使う、検事言葉だよ」「自分で書けないから弁護士が口移しで書かせたに違いないんだ」

倉本　うン、うン。

津川　「こんな言葉を、21歳の若者が使うか？」って。

倉本　あぁ、21歳なンですね。

長峰　そんなに若かったんですか。

津川　ええ。だからこれは絶対、弁護士の先生が、「お前こうこうこう書け」って。

倉本　書かしてる、書かしてる。

津川　だから「これはね、心からの謝り状とは違うよ」って僕は言ったんです。あとで検事さんが訪ねていらして、一審の地裁で懲役8年だったんですね。でも本当は10年が妥当で、検事側としてはあと2年積み上げたいから、「津川さん、高裁に出てくれ」って言われまして。

倉本　うン。

津川　本物の裁判に出るのは初めてで。……証言台で、検事さんから事件の最初から聞かれていくうちに、その当時がよみがえってきてね。……だんだんこう、怒りがこみ上げて(笑)。

倉本　(笑)。

津川　それで「犯人からなんか謝罪がありましたか?」って聞かれて、「こういう手紙がきましてね」って言って、それで目の前にいる犯人に「お前な!」って、こう(怒りモード)なっちゃったんですよ。

倉本　(笑)。

津川　「お前な! いいか!『不届き者でございます』なんて言葉、お前がいつも使ってるか! もし、謝り状を書きたいんなら、自分の言葉で、『ごめんなさい』でいいから、10回でも100回でも書けよ！」って。

長峰　ええ。

津川　「そういうコミュニケーションができねえから、お前は人の娘を誘拐しなきゃならねえようなことになるんだ！」「今からでもいいから、書け！」って、怒鳴ったんですね。

倉本　（笑）。

津川　で、それから何年も後に、保護司の方から連絡があって、「真面目につとめてるんで、もうそろそろ出したいんだけど、津川さんのサインがあれば出られるんだけど」って。

長峰　うん。

津川　だけど、「僕はあの時に、彼に向かって直接、『ごめんなさい』を、10回でも100回でも書きなさいと。そしたら俺、嘆願運動でもなんでもしてやると言ったんだ」「にも関わらず、いまだに何も寄こさない」って。

長峰　うん……。

津川　「だから僕は、何もしません」と。だから、結局10年つとめて出たんじゃないですかね。

長峰　そうですか。大きな事件でしたね。

津川　でも、僕は、まあ、こんなことを言っちゃなんですが、起こったことはすべて必要だったというふうに思うんです。人間成長するにはそういう辛い悲しい事件は必要なんだなあと、73歳にして思ってます。だから、まあ言い過ぎかもしれないけど……彼も人生の恩人だと。

倉本　あぁー。

津川　つまり、あの時に、あのことがあったから、僕はいちばん大事な子育てのことを、親として本気に真剣に考えられて……それでおもちゃ屋も開けたし。それで、つき合う人たちも広がって……商売っていうものすごい厳しい世界を見せてもらえたし、それで友だちも増えたし、いろんな苦労も出来たし……。

倉本　うーむ、うン。

津川　何より、人間とは何なんだということを、学べたんじゃないかと。役者は人間を演じるわけですから、人間とは何だってことをつぶさに、こう、観察するきっかけをたくさんもらったわけですからね。

倉本　うンうン。

津川　あのとき、帰って来た真由子を見て、この子への償いに世界一のお父さんになってやろうと思ったんですね。それには、ママが世界一ですから、ライバルはママなわけですよ。

倉本　うン。

津川　それじゃあお父さんが子どもに与えられるもので、最高に魅力的なものはなんだろう？　と思ったときに、まぁ自分のことを考えたら、寝食を忘れて遊んできたわけですから、遊んでやれば娘は俺の方になびくと。まぁ遊びにかけては、男の方が女よりは得手なんだから、遊びを通じて娘とコミュニケーションを取ろうと。遊びは情緒をつかさどり、文化を作っていく原点だという大義名分もあって、つまりこの子に文化を与えるんだという思いで。

長峰　ええ。

津川　僕は、人間の子どもの「手」はね、つまり脳そのものだと思うんですよ。つまり、触って、手になじんで知ったものを一生好きになる。

倉本　うン。

津川　それで、いちばん最初に持つおもちゃは、「おしゃぶり」だなと。だから木のおしゃぶりがいいなと思って、木を知ることで大人になって、私、何となく木が好きなのよねって娘になるはずだからね。で、買いにいったんです。

長峰　はい。

津川　でも、どのおもちゃ屋も、おしゃぶりはプラスチックなんですよ。色がきれいで、安くて。600円とかで売ってて、ところが木はね、1300円とかするんですよ。倍するからお母さんは買わないから、どこも最初から置かないんだと。

倉本　うーン。

津川　でも将来ね、「私、なんだかプラスチック好きなのよね」って子にするのかと思ったらね、木のおしゃぶりがないと。こりゃあ日本の子どもの危機だと思ってね、それで僕が木のおもちゃ屋さんをやる！　って。言ったらね「大人のおもちゃ屋」をですかってね（笑）。

倉本　それが「グランパパ」（1978年開業）の原点なンですね。

津川　そうですね。

トゥーマッチの津川

倉本　「トゥーマッチの津川」って云われるっていうのは、ロックハート城なんか、トゥーマッチだと思いますけどね。

津川　そうですね。トゥーマッチそのものです。

長峰　スコットランドから本物のお城を持ってくるんですからね。

倉本　（笑）一体あれ、いくらで買ったンですか？

津川　お城だけで二百何十万だったんですよ。

長峰　え？　思ったより安いですね。

津川　屋根とかは、もう取れていて、ホントに石だけの値段なんです。
倉本　でも、重いから運賃が大変だったでしょう。
津川　それもですがね、スコットランド人ってのはねぇ、インチキが多いんですよ。イギリス紳士っていいますけど。あんなのジェントルマンじゃない。
長峰　全員じゃないでしょう、でも。
津川　いや、多いです。ほとんど働かないんですよ。現場に行ってもいっつも休んでるんです。親父さんがどうした、奥さんがこうした、親戚がなんだかんだって言って、もういろんな理由をつけては働かないんです。
倉本　（笑）
津川　3カ月の約束が1年になり、2年になって、そのたんびに、割増賃を取るわけですよ。「期限の約束を守らなかったのそっちだから、そっちが罰金を払え」じゃないですか!!

長峰　あぁー。

津川　もう日本の弁護士さんじゃダメなんで、イギリスの弁護士さんをつけたら、ピリッ！として、仕事するようになったんですよ、ね。

長峰　あら、ええ。

津川　それでやっと、向こうの港まで運んだら、今度は港で同じようにストップがかけられてね……それもまぁ、弁護士さんがおさめてくれて。

長峰　どんどんお金がかさんでいきますね。

津川　でもまぁ、それ以上に、僕の方の「馬鹿」がかさんでるからね。ドンキホーテ的夢が膨らんでるわけですよ。

倉本　分かるけどねぇ。やっぱねぇ……非常にいい夢だし、正しいことしてンだけど、やり方……やることがさぁ。

津川　トゥーマッチ過ぎる、つまり馬鹿です。

倉本　少し馬鹿だよねえ。

津川　ねぇー。

長峰　でも、あそこのサンタミュージアムは、ホント素敵ですよネ(笑)。

津川　……いつも向こう見ずにやり過ぎるっていうこともあるんですよね。まぁ、芝居もそうですけど、とりあえず、ちょっとオーバーめにやっといて、訂正して沈めていくという。

倉本　うン。

津川　井伏鱒二さんはね、消しゴムで、本を書くんだと言ったそうなんですね。最初書くときは、自分の思いのたけを全部書き切って、そして、鉛筆を置いて、消しゴムを握って、やおら削っていくんだと。

長峰　はぁー。

津川　そして削り切ったものが「作品」になると。だから良い作品ってのは、どれだけ削り切ったか、どれだけ縮小し切ったかっていうことなんだね。

倉本　それはそうだと思いますね。

津川　それを聞くと、じゃあ俺の作り方ってのは間違いではなかったなあ、っていうふうには思うんですすよ。

倉本　やっぱり最初はねぇ、付け加えたくなりますよね、いろんなものをね。だから、つけ加えたくなる時期ってのがあって、それから今度は削ろう削ろうという時期になりますよね。

長峰　あぁー。

倉本　だから、その削るっていうことに至ったときに、やっぱり、役者もライターも、どんどん上にあがっていくンじゃないのかなあーって思いますね。

津川　あぁ。

倉本　だから、津川さんは、まだ余計なことを付け加えちゃってるンだね。

津川　そうなんですよ。これ一生直りませんがね（笑）。

長峰　まだ、トゥーマッチですか？　そんなことないんじゃないですか、もう。

津川　いやーそうですね、たとえば映画のことにしても政治のことにしても、結局文句を言うときって、どーしても過激というかトゥーマッチになっちゃいますねぇー。年取っても中味が成熟してないんですね、いつまでも。

倉本　（笑）そうですね。

加藤登紀子

加藤登紀子　かとう　ときこ

1943年ハルビン生まれ。東京大学在学中、第2回日本アマチュアシャンソンコンクールに優勝し歌手デビュー。『赤い風船』でレコード大賞新人賞、『ひとり寝の子守唄』、『知床旅情』でレコード大賞歌唱賞を受賞。以後、多くのヒット曲を世に送り出してきた。千葉県鴨川市の「鴨川自然王国」を拠点とし、循環型社会の実現に向けた活動を続けている。

父と母の恋

倉本　お登紀《とき》さんは、１９４３年ですから昭和18年、満洲のハルビンのお生まれなンですね。

加藤　はい。

倉本　それで、お父さんの幸四郎さんのこともお聞きしたいンだけれども、（家族写真を見ながら）お母さんの淑子《としこ》さんが、ものすごい美人ですね。

長峰　ねぇ。（大きくうなずく）

加藤　（笑）私は父親似なので、「もったいなかったわね」ってずいぶん言われながらきたんですけど。父も母も京都の人です。

倉本　そうですか。何年生まれですか？

加藤　父が１９１０年、明治43年、母が5歳下で１９１５年、大正４年ですから、明治の終わりと大正の初めが一緒になって。

倉本　お登紀さんの大陸的なスケールの原点ですね。

加藤　父は、京都二中を出てすぐ満洲に渡って、ハルビン学院に通うんです。このハルビン学院っていうのは、後藤新平（満鉄総裁、内務大臣などを歴任）さんが、日露戦争の後に、ロシア人の文化をもっと日本人が学んで、お互いに理解しあえるように作った大学なんですね。

倉本　ほぉー。

加藤　そこに都道府県からひとりずつ行けたんです。それで、父は京都から行ったんですね。

倉本　ふーむ。

加藤　ハルビン学院って、ロシア人の学校なので、父の心を捕らえたものはロシアの音楽だったんですよね。それで父は教室にいたことがほとんどないぐらい、いつもどこかで歌を歌ってたって。一時期、歌手になろうとまでしたそうです。でもうまくいかなくて、ずーと失業中で。

倉本　うンうン。

加藤　ところが何かの弾みに、母と恋愛しちゃうんですね。それで、結婚を申し込みに行くんだけど、失業者だから全然相手にしてもらえなくて、恋文すら母に見てもらえなかったんですね。それでなんとか満鉄（南満州鉄道）に入社して、母をもう一回迎えに来るわけです。

倉本　ほぉー。

加藤　それで、結婚して初夜を過ごした次の日に、京都駅でハルビン行きの切符を買ったんですね。

倉本　その頃って、国内で満洲の切符も買えたんですね。

加藤　ええ。

倉本　ハルビンというのは、ロシアの街なんですか？

加藤　はい。ロシア人の築いた街。両親が行ったときにはもう満州国ですけど。あの帝政ロシア時代に、極東を征服するために作った非常に美しい街で、ロシア正教の教会がたくさん作られていました。パリと同じように放射状に街づくりをしたそうです。

長峰　パリの凱旋門を中心とした放射線状の街？

加藤　はい。中央寺院という寺院の向こうにまっすぐな大きい道があって、それが放射状の一角と交差しています。世界一の美しい街を目指して作ったといわれています。

倉本　そこで生まれて、記憶があるのはいくつぐらいですか(笑)。

加藤　それはわからないんですけど、1981年に私は、ハルビンでコンサートをしたんですね。

倉本　ご両親も一緒だったそうで。

加藤　ええ。父と母が一緒に行ってくれないと、私の記憶は確かめられないから、「一緒に行って」ってお願いして。北京、長春でコンサートをして、ハルビンに着いて、プラットホームの上を見上げたら、モスグリーンの天蓋があったんですよ。それを見たときに涙がウァーっと出ましたね。「知ってる!」と思いましたね。

倉本　記憶と同じ?

加藤　そのときはまだ、2歳ちょっとでしたけど、見たら記憶が呼び覚まされて。

長峰　はあー。

加藤　それで向こうに行って、いちばん探したかった場所が、星輝寮《せいきりょう》という、ハルビン高女の軍人家族のための寮なんですが、そこが私のいちばん懐かしい場所なんですね。それを、駅に着いてからすぐに探しに行ったんです。

倉本　はぁ〜。

加藤　昔は、ホントに何にもないところに星輝寮だけがポツンと建ってたんです。でも今は、中国ものすごく人口が増えましたから、ハルビンもそこら中に家が建っていて……結局わからなかったんですね。

倉本　そうですか。

加藤　次の日の朝、私は眠れなくて5時ぐらいに起きて、ひとりでもう一度探しに行ったんです。でも、結局迷子になって、大変なことになっちゃうんですけど。放射状なんで、どこから入ったかわかんなくなっちゃって。そして、やっと帰り着いて朝ごはんを食べていたら、母も眠れなくて星輝寮を探しに行ったっていうの。同じ界隈をふたりがウロウロしていて（笑）。だけど「見つからなかったわ」って帰ってきました。

倉本　（笑）。

ソ連軍と母と父

加藤　戦後の記憶で、母は私をおんぶして、略奪に入ってくるソ連兵を迎えに行くんですよ。

倉本　ソ連兵を迎えに？

加藤　最初、集団でソ連兵が入ってきたとき、みんなあんまり怖かったんで、全員表に出て、木のたもとに全員で座り込んだんです。そして、ソ連兵のなすがままにさせたそうなんですよ。

倉本　ほぉー。

加藤　そのときに備蓄していたお米も塩もメリケン粉も、すべての白い食べ物はぶちまけられて、全部ひとつに混ざっちゃって。もうまったく使えなくなったそうです。

長峰　ひっくり返されて全部。

加藤　そういうお米の袋とか粉の袋とかの中に、武器とか、お金とか、宝石とか。そういうのが入っていると思って、ソ連兵が全部それをひっくり返したんですね。

倉本　なるほど。

加藤　で、それが契機になって、うちの母は逃げちゃいけないと思って。それで私をおんぶして、ソ連兵が略奪に入ってきたら逆に迎えに出たと。

倉本　うーむ。

加藤　ロシア語ができたので、「ズドゥラストビーチェ」こんにちは。元気ですか？　何が欲しいの？　欲しいものを言ってください、と。あれば、出しますからって、ロシア語で言って交渉したそうです。

倉本　ほぉ～。

加藤　で、やっぱり、人と人はね。ちゃんと対話して、ちゃんと向き合ってこそ、冷静になれる。敵、味方という関係になったとしても、「あなた」「私」っていう関

係で向きあえば、人と人の関係は成り立つって。

倉本　うん。

加藤　それで一生懸命、「あなたの家族はどうしてるの?」、「あなたのお母さんはどこなの?」、「あなたのことを心配しているでしょうね」って。ロシア兵に話しかけていくと、本当に涙をボロボロこぼす兵士もいたって。

倉本　ほぉ〜。すごいねぇ。

加藤　それはねぇ、私がちっちゃい頃に言われたいちばん大きなメッセージでしたね。

倉本　お母さん、おいくつぐらいのときに?

加藤　1915年生まれだから、30か31ですね。

長峰　女の人が、ひとりでソ連兵相手に。

倉本　すごいねぇ〜。

加藤　そうですねぇ。……男の人ってまったく使い物にならなかったんですって。

長峰　ええっ!?

加藤　というのは、ソ連兵は男ならシベリアに連行して抑留しちゃいますから。男の人たちは絶対に顔を見せなかった。だから、向き合ったのは女と子どもだけなんですね、男の人はいち早く屋根裏とか、どっかに。

長峰　逃げた？

加藤　数人いたんですよ。私たちを守るためにいてくれた兵隊さんも。

倉本　守らないで逃げちゃうんだ。

加藤　私の姉がいつも笑うのは、兄も逃げたらしいんですよ。7歳ぐらいなんだけど。いち早く逃げちゃって、いなくなっちゃって。

倉本　（笑）。

加藤　その頃戦地にいた父は、後で聞くとソ連への降伏、停戦の親書を敵司令部に持って行くという、危険な任務を命じられたそうです。終戦になっても戦闘が終わっていなくて、それを終わらせる役目だったんです。そして、そのまま捕虜になって、収容所に入れられてしまいました。でも、ロシア語が達者だったので。とても重宝がられて。ロシア人とすごく仲良くしたみたいなんですね。

長峰　じゃ、つらい、苦しい思いは？

加藤　それが……父も母も不思議な人で。思い出全部が楽しいんですね。

長峰　でも、捕虜ですよ。

加藤　（笑）それでね。元々父は、ロシア人に対して非常に親愛的で、父はとにかくロシア語がしゃべれるから、日本人とロシア人の間に立って。

倉本　通訳ですね。

加藤　言うなればね。とにかく、よく一緒に飲んだそうです。ウォッカがないから、アルコールを飲んだんだって（笑）。ロシア人と一緒にうまいなぁって言って、メチルじゃないエチルの方。

倉本　本当のアルコールを（笑）。

加藤　純粋なアルコールほどうまいものはないとか言ってね。

倉本　（笑）。

加藤　それと前に、奉天《ほうてん》っていうところで、捕まえたソ連兵を助けたこともあったらしいんですね。そんなことがあったからなのか、シベリア送りにされなかったんですね。それで、引き揚げの船にギリギリ乗れて、復員できたんです。

倉本　ほぉぉ。

加藤　そういう人だったんですよ。だから、父が帰ってくるという知らせがあって、京都駅に迎えに行ったとき、他のみんなは、栄養失調でボロボロになって帰ってきたのに。父だけはつやっつやで帰って来たって、母が笑ってました。

倉本　(笑)。

加藤　本当に、父も母もロシア人が好きだっていうこともあるし。ハルビンという美しい街に暮せた終戦までの10年間が、素晴らしかったんですねぇ。……母にとっても、父にとっても、幸せな10年間。

音楽のある家の想い出

倉本　お父さんが帰って来て、家にはいつもクラシック音楽やロシア民謡が流れ、お登紀さんの家は音楽漬けだったンですね。

加藤　ホント、いつもレコードが何かかかってました。人生を楽しむのに長けた両親です。

倉本　最初、学校の音楽の授業のときに、「あなたの声は三角だ」って言われたそうですが、三角ってどういう意味なの？

加藤　地声ですよね、きっと。地声が低かったんですよ。みんなが普通に出す、ファルセット気味の高い声が、声が低いのでできなかったんです。

長峰　だって、まだ小学生ですよね？

加藤　小学3年のとき。

倉本　その頃から、もう低かった？

加藤　低かったんです。あのね、私ね、バレエを習ってたんですね。その頃にそのバレエ教室にラジオの取材の人が来てラジオに出たことがあるんです。そのとき、ラジオから聞こえた自分の声が低くてびっくりしたくらい。私が小学校に入って、1〜2年生のときは、本当にしょうもない子で、何にもできない子どもだったんですよね。それで、うちの母がものすごく心配しまして。3年生になったときに、ちょっとだけ算数と国語ができるようになったんだけど。とにかく体操と図工と、なにより音楽がダメだったの。

倉本　音楽がダメだったの?

加藤　ダメだった。それで、うちの母が嘆いてね。「算数、国語なんてできなくてもいいのよ」。「音楽と図工と体育」「これが人間の生きる、いちばん大事な三要素だから」。「これができない人生なんて、おもしろくないのよ」って。それで、まずバレエを習いに行かされたんですね。中学の頃には、兄がピアノを習っていたから、一緒に習えって言われたんだけど、それは「イヤだ!」って断ったの。今思えばものすごくもったいないことをしたって、思います。

長峰　はい……。

加藤　駒場高校のときには、音楽コースがあって、専門の音楽の先生だったんですね。それで、いつものように無理やり高い声で下手な歌を歌っていたら、先生が「君

はアルトなんだ。低い声で歌いなさい」って。音程を全部低くして、「自分の好きなキーで歌いなさい」って言ってくれたの。それで「君はいいアルトだよ」って。

倉本　おぉ～。

加藤　そこから初めて、そうなんだって思いましたね。それから少しずつ、歌うことが好きになりました。だから、私は音楽については、ちょっと屈折しているんです。でも、屈折……コンプレックスがあるっていうのは、やっぱりどっか反面、悔しいんですね。だからホントは、元々歌が好きだったんじゃないんかと思うんですね。

倉本　なるほど。

加藤　家ではもともとロシア民謡に囲まれていましたし、ちょうど私の高校生ぐらいから、ロシア民謡の歌声運動みたいなものもあって。

倉本　その頃、歌声喫茶が流行りましたね。

加藤　そうそう。高校生だから喫茶店は行けないけど。キャンパスの中で、みんなで歌おうみたいな。文庫本サイズの歌集を、みんなで持って。

倉本　うんうん。やったやった。ロシア民謡はとにかくみんなでよく歌ってたですよねぇ。

加藤　音楽の教科書の歌は、音符が大体高いので、ダメなんですけど、ロシア民謡をみんなで歌った頃には、歌うっていいなって感じ始めてね。

シャンソンコンクールで優勝

倉本　昭和何年？東大入ったの。

加藤　37年。安保が昭和35年。西暦1960年だから、その2年後。

倉本　そうだよね。僕は東大を卒業したが34年だから、ちょうどすれ違いなンですね。でも東大から歌手が出た！ってンで、あのときは衝撃的というか。

長峰　衝撃的だったんですか？それまでひとりも？

倉本　いないですよ。

加藤　芝居、役者さんにはいらっしゃいましたよね。

倉本　渡辺文雄とか男の人はね。でも、女の人は……。

加藤　私はね、東大生でコンクールに受かって歌手になったときに、よく「もったいない」「東大まで行って歌手になるなんて、よくご両親がOKしましたね」って。でも、うちの父は、東大を受ける方が反対だったんですよ。

倉本　東大受けることを？

加藤　父は、まあ受かったこと自体は喜んだんですけど、「東大に行った女が幸せになるはずがない」「絶対に不幸になる」「人生はおもろうないといかん」。

倉本　（笑）。

長峰　おもろうないといかん。

加藤　「そんなつまらん人生を送ってほしくない」と。「お前が偉そうな弁護士とかになったらどないするんや」って（笑）。ということで、だから父が勝手に私の名前でシャンソンコンクールに申し込んだんですけど、それも私におもろい人生を送らせたいと思ったんでしょうね。父はそのときに「飛行館スタジオ」っていう、音楽スタジオの支配人の仕事をしていて、私が知らない間にそのコンクールに申し込んでました。

倉本　シャンソンコンクールで、あなたは石井好子《よしこ》さんのお弟子さんになるでしょ。

加藤　はい、コンクールに申し込んでから先生につくんです。石井さんの事務所に紹介してもらって、宇井《うい》あきらさんという人に、シャンソンコンクールで優勝するためにレッスンを受けたんです。

倉本　（笑）優勝するために。

加藤　そのとき、私は大学生で、ヨーロッパに行ってみたかったのね。歌手なるつもりはまったくなくて。優勝のごほうびでヨーロッパに行けるってことで、優勝に狙いを定めたんです。偉そうですよねー。

長峰　ヨーロッパに行くために出たわけですか。

加藤　それで先生にね、「私は優勝するためにコンクール受けるんで、優勝できるように教えてください」って言ったんですよ。宇井さんが笑ってね、「自信はあるんですか」って聞くから、「なければ受けないでしょ」って（笑）。

倉本　（笑）何を歌ったの？

加藤　「七つの大罪」っていう歌でね。私まだ二十歳《はたち》でしたけど、実はもう恋人もいて、いっぱしの大人になったつもりで……。それで「恋をした女は、七つの罪くらい犯してしまうのよ」っていう、エディット・ピアフのすごい歌を。それを歌ったら、審査員長の蘆原英了《あしはらえいりょう》さんが、「あなた、家に帰って鏡を見てみなさい」って。「あなたの顔はまだ赤ん坊の顔だ」って（笑）。

倉本　（笑）。

加藤　それで「ピアフを歌ってもダメですよ」って笑われたわけ。でも4位には入賞したので、「ぜひ来年も、いらっしゃい」って言われて、それから1年間、私は宇井あきらさんのところで、徹底的にシャンソンをやったの。……この1年間がやっぱり素晴らしかったですね。

倉本　そうですか。

加藤　実は、そのレッスンをしていたときに、私ぜんそくみたいになって、3カ月くらい咳がとまらなかったんですね。そのときに「もう歌えないのかなぁ」と思ったら、音楽を聴くだけで泣けちゃうんですよね。そんなにも歌が好きなんだなということを自覚して、2回目のコンクールを受けたときには、たとえ落ちても歌手になりたいなあって思ったのね。2回目のときは、赤ん坊の顔だからピアフは避けて。かわいいフレンチポップスを選んで、それで優勝したんですね。それで、歌手になる決心をしたの。

倉本　ほーう。

学生運動に明け暮れた青春時代

倉本　東大では、西洋史学科だったんでしょ。そこらへんから学生運動にからみ始めるわけですか？

加藤　いえ、学生運動は私、高校からなんですよ。兄が学生運動をしてましたので。

倉本　お兄さんが、政治運動をやっていたンですか？

加藤　はい。

倉本　じゃあ、その仲間たちの会話っていうか、そういうものが周辺にあった？

加藤　私と兄は部屋がひとつだったんです。だから、机並べて勉強してまして。兄が大学生になって、うちにくる兄貴の友だちは、みんな革命家だったんですね、いっぱしの。その中でもいちばん山男で革命家だった男の人、その男の人に私は恋をしたんですね。私まだ中学生でしたけど。もう、ドキドキドキドキしてね。好きでしたねえ。

倉本　いちばんもてるタイプだよなあ。山男で革命家なンてのは(笑)。

加藤　でね、その人が熱を出して、うちで寝込んじゃって。……しばらく看病なんかしちゃったのがまずいですよね(笑)。

倉本・長峰　(笑)。

加藤　そういう家だったの。で、うちの母も学生運動を応援してました。あの頃は高校生も旗を立てて、組織を作ってやってましたので、私も高校生になったときにその一員になって……。

倉本　筋金入りだなあ。

加藤　でも、それがいちばん本気でやった学生運動で、大学に入ったときはもうやめようかなあって。元々政治が好きじゃないっていうのがあって、大学では演劇やってたんですね。

倉本　東大の「劇研」？

加藤　そうです。

倉本　その学生運動っていうのは、何かこう、その後の〝派〟でいうと、どういう派とかあったンですか？

加藤　安保のときは、樺《かんば》さん（安保闘争で死亡した東大の学生運動家）と一緒ですね。

長峰　樺美智子さん。

加藤　だから全学連の、当時の反主流派っていう。だから、その後私の夫、藤本敏夫とまったく同じ派閥なんですけど、……知らないでしょう。「ブント」っていうの。ブント、共産主義者同盟（共産同）。

倉本　僕も芝居のことばっかりやっていたから、わからない。それで、『絆』って、加藤さんと藤本さんの往復書簡の本があるでしょ。その『絆』で、細かく藤本さんが書いてらっしゃるンだけど。元々はみんな共産党ですよね。

加藤　ええ、そのちょっと上の世代まではみんな共産党だったんです、安保の前までは。学生運動してた人はたいてい、共産党だったんですね。それが、安保の始まる頃、共産党から除名されるんですね。それが、ニューレフトっていう……。

倉本　新左翼。

加藤　はい。大雑把に言うと新しい左翼。それが60年安保の中心にいながら反主流派と呼ばれていた理由です。安保の後は敗北感が強くて、バラバラな気持ちになっていく時代で、私が大学に入った頃は、あんまり学生運動にとって幸せな時代ではなかったですね。

倉本　なるほどね。その頃には、もうお登紀さんは、歌手になりますよネ。

加藤　大学に入って1〜2年は演劇やっていて、デモにも行ってましたね。3年、4年とシャンソンコンクール受けて、その頃からもうほとんど学校に行ってないんですけど。4年でコンクールに受かって、その夏に歌手になっちゃうんです。

倉本　あ、ー。

加藤　もう学生運動とか、政治っていうのはいやだったんですよ、高校時代と違って、大学生って、結構いっぱしの政治家みたいな感じになっていっちゃうので、なんかもうひとつ中に入れなかったんです。

倉本　ウンウン。

加藤　それで、歌手になって、もう純然たる別世界に夢中ですよね。そっちはそっちで苦労はいろいろありますけれどもね。私は東大を6年かかって卒業するんだけど、実はその卒業のときに、とんでもないことになるんです。卒業式をボイコットしちゃうんですよね。

倉本　うむ。

加藤　1968年っていうのは、ベトナム戦争がすごくなって、反戦運動が世界中に広がってきたときだったんです、もちろん学生運動の上昇気流になっていたんだけど、その中で何で卒業式をボイコットしようということになったかというと、医学部闘争だったの。医学部の人たちが、医学部の中の体制に対して反旗をひるがえして、それでストライキをしたんですね。

倉本　それに同調したわけ？

加藤　私はもう歌手になってたから、学生運動に一応距離を置いていていました。私は歌手として新人で、かわいいミニスカートなんか履いたりして、女性週刊誌のグラビアに載ったりしていました。で、週刊誌と卒業式は東大の時計台の前で、振袖で卒業証書を持って写真を撮りましょうっていう約束があったんです。

長峰　はい。

加藤　もう私はもうほんっとに悩みました。同じ世代の仲間が、命がけでデモやってる最中に、振袖着て……。このときの私にとっては、いちばん重要な悩みだったと思うんだけど。結局、誰にも相談せずに、デモに入る決心をして卒業式の日に大学に行ったんですね。

倉本　はあー。

加藤　振袖着ないで、ジーンズ履いて。それで、あの時計台のデモ隊の中に入っちゃいました。だから、「もうあなた歌手はクビ！」って言われたら、しょうがな

いって覚悟を決めましたね。

長峰　距離を置いていたのに、なぜ？

加藤　だってやっぱり、そこまで同じ学生が頑張ってる！　って思ったときに、それに加わらないいって、寂しいじゃないですか。そういう思いになった1968年って、まぁすごい年で、1月に佐世保闘争っていうのがあったんです。原子力空母のエンタープライズが佐世保港に入ってくるということで、反対運動がものすごい盛り上がったんですよね。

倉本　うンうン。

加藤　私は、それを毎日毎日食い入るようにニュースを見ながら、卒業のための勉強をしてたわけですけど、私は、「大学に行って、何をやるつもりだったんだっけ？だけど歌手になっちゃって、私は今、何をやってるんだっけ？　なんにもやれてないじゃない」っていう自問自答がありました。だから、ホントにあの卒業式の日にデモに参加したことが、私の人生の大きな〝原点〟ですね。

倉本　うーーむ。

加藤　高校生で安保にデモに行っていたこととか、そういう自分史をどっかそっちのけにして、歌手をやっていたんだけども、その卒業式で結局つながったのね。私は、ただ歌を歌う歌手というものをやるんじゃなくて、〝私〟という歴史をちゃんとつなぐために歌手をやるんだっていう思いが、あのとき持てるようになった……。でも実は、そういうものを持ちたいっていう気持ちにはなったけど、じゃあ自分がどうすればいいのか？　っていうと、まだ分かっていなかったんですね。そのときに藤本敏夫と出会ったわけですよ。

倉本　はい。

加藤　ブントとしては、卒業式をボイコットして、デモ隊に入っていた加藤登紀子を使わない手はないですよね。あれは使える札だっていうことで、リーダーの藤本から、「ぜひデモに来て、歌ってくれ」っていう、話があったんですね。だけど私の心の中では、私はまだ何もできてない。そういう思いで歌える歌もない。……だから、困ったんですね。で、逆に偉そうに、「あらあなた、歌を利用しようなんてずるい考えは捨てたほうがいいんじゃない」って藤本に言ったんですよ。

倉本　うむ。

加藤　それは歌声運動から始まるんですけど、歌や踊りを使ってね、組織を広げようとするような風潮があったんだけど。学生運動をやるみんなは、それを軽蔑していたんですよね。今だったらちょっと違うと思うんだけど。

倉本　うーン。

加藤　それは藤本も私も同じ考えだったんですね。「歌手を利用して、何をしようとしてるの？」みたいな対話をして、彼は気に入ったみたいなんですね。「そうだ、その通りだ」っていうことで、意気投合しちゃったわけです。

倉本　うンうン。

加藤　だけど、もののみごとに、その1～2年後に、そうしたアンダーグラウンドが始まるんですよ。学生運動を政治としてとらえるんじゃなくて、カルチャー革命ですよね、ええ。68年ぐらいからどんどん、政治に無関心な人でも、みんなギターを持って広場に集まって歌うっていう。もう昔のロシア民謡じゃなくて、自分たちの歌を歌って……。

倉本　あの、新宿西口のフォーク大集会、あれはその頃ですか？

加藤　その頃です。

倉本　時代ですね……。

加藤　……あの時代の意気揚々としてるんだけども、、何か寂しい孤立感みたいなものっていうのがありましたね。それが『ひとり寝の子守唄』になりました。

倉本　お登紀さんが自分で歌を作ったのは『ひとり寝の子守唄』が最初ですか？

加藤　成功したのは『ひとり寝の子守唄』が最初なんですけど、歌を作り始めたのはデビューしてからすぐなんですよ。

長峰　作ってらしたんですか？

加藤　それまで歌なんて作ったこともないから、できませんって言ったの。あの頃、2派あったのよね、歌手が曲を作っちゃダメだっていう考え方の人と、もうこれからはそんな時代じゃないのよっていう派が……。それで、私がデビューしてレギュラー出演してた番組のディレクターが……作れ派……で、「あなた東大生でしょ、作りなさい！」って(笑)。それで、一週に一曲無理やり作ったんです。

それからずいぶん経って『ひとり寝の子守唄』も作ったけど、でもすぐには出せなかったんです。

倉本　出せない？

加藤　私は、有名作家の方に提供していただいたちょっと演歌っぽい曲で、事務所は勝負することになっていて、それで、大キャンペーンをやってる最中だったんです。

倉本　なんて歌ですか？

加藤　『つめたくすてて』。

長峰　演歌調だったんですか

加藤　演歌調の売れ線を狙ってたんですね。そうしたら私に、「東大出たのに何ていう歌を歌っているんだ！」って何人かの人に怒られたの。中でも高石ともやさんのマネージャーさんに、面と向かって、「お笑いだ！」「恥ずかしくないのか！」って。「あなたの主体性はどこにあるんだ！」みたいなこと言われたのね。そのとき、記憶はないんだけど、相手を殴ったらしいの。

倉本　（笑）それが「マネージャー殴打事件」ってやつね。36発殴ったってやつ。

加藤　お酒が入ってたので殴ったことは覚えてないんですね。翌朝そのマネージャーが、ニコニコ笑いながら来たんですよ。「どうお目覚めは？」っていうから、「元気よ」って言ったら、「挨拶はそれだけなの？」っていうから、「それ以上何があるの」って言ったら、「俺36発殴られたんだけど」って。「あら知らなかったわ」って。

倉本　（笑）。

加藤　それでね……殴ったことは覚えてなかったけど、いろいろ言われて、「あなたに言われるまでもないわよ」っていう悔しさがあったんですよ。私だって私なりの思いはあるし、曲も作っているし、だけど芸能界は、みんなで寄ってたかって路線を引こうとしているし……。そこで「私はズタズタなのよ」みたいな話をしたら、そのマネージャーが、「思い切って、あなたの思うようにやるべきだ」って。それで高石ともやさんと組んで、事務所にまったく関係なく、ゲリラをやるんですよ。

長峰　ゲリラライブ。

加藤　大学のキャンパスで歌うとか。そういうことを始めたの。高石ともやさんとジャックスっていうロックグループがあるんですけど、そのマネージャーが一緒にジョイントコンサートを企画してくれて……

倉本　そういう関係だったんだ、高石ともやと。

加藤　それで初めて、シャンソンでもなく、歌謡曲でもなく、フォーク真っただ中のコンサートをやるんですね。そのときに『ひとり寝の子守唄』を歌ったわけ。

長峰　やっとそこで。

加藤　そしたらそのときに見に来ていた新聞記者たちが、なんであれをやらないんだって、薦めてくれました。それで事務所がレコーディングすることになったわけですね。

長峰　後から事務所がついてきたんですね。

藤本敏夫と獄中結婚

倉本　お登紀さんは、学生運動のリーダーの藤本さんと出会って、恋に落ちますよね（笑）。でも68年に藤本さんが防衛庁に突入して、責任とって逮捕されちゃうわけでしょ?

加藤　68年の10月21日というのは、ベトナム反戦デーとかいって、ベトナム戦争に反対する国際的な日だったんですね。それで、学生のデモが新宿に集まって、駅も全部ストップさせて新宿を占拠しようとしたんですよね。

倉本　あー、したねー。

加藤　そのときに藤本たちは、戦争に反対するんだから、街を占拠するんじゃなくて、直接防衛庁に抗議するべきだって、防衛庁に乗り込んだんです。そのときに、捕まるつもりで入っていったんだけど、捕まらなかったんです。

倉本　あぁ(うなずく)。

加藤　不思議なもので、警察っていうのは逃げるヤツは捕まえるけど、向かってくる奴は捕まえない。警官隊のいる方に走って行ったら道をあけてくれたって(笑)結局彼は捕まらないで帰ってきたけど、指名手配されちゃうんですね。2週間後に次のデモがあったときに、もう一度捕まる覚悟で向かうんですけど……。その日の朝に、密かに私に会いに来てくれたんですね。

倉本　うーン。

加藤　そのときにたまたま、私の別の友だちが、メリー・ホプキン(英国の歌手)のThose Were The Days『悲しき天使』が、ヨーロッパで大流行しているから、お登紀さんに聞かせたいって持ってきてくれたんです、それをずーと夜中から朝まで繰り返し聴いてたんです。

倉本　うーむ。

加藤　「そんな日があったね、遠い昔のことだ。夢に燃えていたね。素晴らしい日々が来ると信じていた。」っていう歌詞なんですよね。私たちは、未来のために活動しているんだけど、それは遠い昔になっていくんだってことを予感してたような、なんかすごい敗北感がありましたね。

倉本　うーン。

加藤　時代は動かないし、勝てる見込みはないし。……自分たちは本当にどんな未来

を作れるかってことに対しても、見えていないしっていう。曲を聴きながら、そういうものを感じながら、その日を過ごしました。68年の11月7日、その日は首相官邸突入で、藤本は逮捕されました。

長峰　ホント、ドラマみたいですね。

加藤　でも、当時はみんな長くても1カ月も拘留されれば大体出てくることになっていたんだけど、なんと彼は8カ月、東京拘置所に入りっぱなしだったんですね。で、それはなぜかっていうと、1969年の6月16日っていう日まで入れてもらった。

倉本　入れてもらった（笑）。

加藤　で、私、最近になって安保っていうことを、本なんかをちょっと読み返してみたんですね。そしたら、安保条約が60年に批准されて、それは10年間は破棄できない。それが10年後に破棄できる。だからみんな70年安保、70年安保って言っていたんですけど、10年後に破棄できるようにするためには、その10年の1年前に通達が出来てないといけない。

倉本　なるほど（数回うなずく）。

加藤　だから勝負は、69年の6月だったんです。藤本が、68年の11月に捕まって、6月16日まで出してもらえなかったっていうのは、それがあったからなんですね。せっかく押さえた首謀者を、いちばん危険な時期に、野に放つバカはいませんからね。

倉本　なるほどね。

加藤　国からしてみれば、この6月まで押さえておけばOKなんですよ。それで藤本は、すべてが終わって出てきた、69年の6月の一カ月後に、学生運動を一切やめました。

倉本　そうですか。でもそれ、簡単にやめられたンですか？

加藤　九州の平戸にひと夏いました。

長峰　逃げて？

加藤　えぇ、内ゲバ（内部粛清）がすごかった時代ですからね。彼にとって、その拘置所から出て学生運動をやめるまでの一カ月っていうのは、本当に人生に果てしなく絶望させられた一カ月だったと思うんですね。

倉本　あぁ。

加藤　果たそうとしてきたすべてのことをなくしたっていう。……彼が亡くなったときに、その頃のノートが出てきまして。70年までに自分がやらないといけないこと、計画していたことが綴ってあって、でもそれが全部頓挫したわけですね。

倉本　あ、……。

加藤　よっぽど、悔しかっただろうなあって思いましたけど。でも、きれいさっぱり学生運動をやめました。

倉本　そうですか。そのあと裁判があって、藤本さんは72年に実刑判決を受けて、中野刑務所に収監されちゃいますよね。刑務所にいる間って云うのは、簡単に会えるンですか?

加藤　会えます。刑務所と拘置所では違うんです。拘置所では1日にひとり会えるんです。

長峰　あー、そうなンですか。

加藤　それで、いちばん早く行った人が会えるの。だからスケジュールがあいている日は、すっごく早く起きて、門が開くと同時に行かないといけないの（笑）。別の女と競争しなきゃいけないの。

長峰　本当に競争したんですか？

加藤　なんて（笑）。ま、多分ね、いたと思いますね。わからないけど（笑）。

倉本　藤本さんは僕も会ったことがあるけど、本当いい男だもんね。ハンサムだし、すがすがしい人だよね。

加藤　（笑）すがすがしいし、人に対してすごく丁寧な人ね。相手がいやがるようなことは絶対しない人なんですね。それで、仏の藤本とか言われてたんだけど、誰に対してだけ仏じゃないかというと、私に対してです（笑）。

倉本　（笑）のろけてるンだ。

加藤　（笑顔）

倉本　面会は、家族じゃなくてもいいの？

加藤　刑務所では三親等までが原則で、しかも一月に1回とか2回とか等級によって決められている。で、もし家族がいない場合は、家族代わりっていうのは、登録すればいいみたいで……。だから内妻っていうのも許されるみたい。

倉本　あなたの場合は内妻で会ったの？

加藤　内妻として会いに行ったときは、会えませんでした。中の人が同意してないとダメなんです。藤本の場合、最初、私の名前を守ろうとしたみたいなんですね。それで単なる友人だと言い張って。だから、中の人が同意した人にしか会えないんです。

倉本　勉強になるね。

長峰　なんの勉強になるんですか？今後あるんですか？（笑）。

倉本　いやいや（笑）。それで獄中結婚するンですよね。

加藤　弁護士さんがちゃんと、特別面会っていうのを手配してくださいました。それで刑務所の中でお互いの気持ちを決めて、結婚届を中に入れて彼のサインをもらって。

倉本　獄中結婚ってお互い、網を挟んで結婚するの？

加藤　幸いにして、網のないところだったんですけども。看守がいて、で、このくらい（30㎝）の距離で向き合って、で、結婚をすることにしようと。「出産気をつけろよ」、「栄養ちゃんと摂れよ」と。面会は5分、10分で終わったんですけど。

倉本　ふたりだけで？

加藤　看守がいました。だから看式結婚と申します。看守様の御前で（笑）。

倉本　（笑）看式結婚ね。牧師の代わりに看守がいたわけね。

加藤　それが、そののち、私たちの中で結婚記念日っていっている日なんです。

歌手活動と出産

倉本　話は戻りますが、歌手としては、石井好子さんの事務所に入ったわけですね。

加藤　そうです。コンクールに優勝して、石井好子さんの事務所で歌手になって、新人賞を受賞して、一応無事に歌手はやっているんですが……。学業が中途半端になり、それで石井さんに相談したんですね。当時、大学って、中退が流行っていたんですよ。野坂昭如さんとか、永六輔さんとか、卒業はかっこ悪いっていうのがあったくらいだから。

倉本　昔からそうだね。東大中退というのはひとつのステータスだったね。

長峰　箔がつく。

加藤　それで石井さんに相談しましたよ、そしたらね、出来るものなら卒業しといた方が良いんじゃないって。何か使い道があるかもしれないって言われたんです。

倉本　（笑）。

加藤　石井さんには、結婚の相談もしたんですけど、私は絶対反対されると思っていました。レコード大賞を受賞した翌年ですし、仕事もいっぱい入っているのに……。でも、私には赤ちゃんができてまして。

倉本　うーむ。

加藤　彼は刑務所の中で結婚も出来ない。で、私はひとりで悩んで、もう全部終わりにしようと思って石井さんに相談したんですね。そしたら石井さんが「藤本敏夫さんとは会ったことがある。あの人はいいいと思う」って。「赤ちゃんも絶対産んだ方がいい。彼と結婚しなさい」って、もう即答だったんですよね。

倉本　ほー。

加藤　でも、彼と結婚するということは、完全に新しい私をやるわけだから、歌手としての私はこれでピリオドにしたいって言ったんです。そしたら石井さんは、「いいわよ、そんなことしなくたって。辞めるならそっと辞めればいいじゃない。そんなこと、社会に何も言う必要はない。自分にだけ言い聞かせなさい。辞めたいなら辞めればいい。一切なにも言わないで」って。「歌いたくなったときに、もう歌いませんって言っちゃってたらおかしいでしょ」って。

倉本　それはそう思うね。僕も。

加藤　で、石井さんがそのときね、「なにより自由が大事よ」って言ってくださいました。「社会に対してなんて何の責任もありません」って。だからお腹が大きくなる前に、仕事は私が全部処理しますからとまで言ってくださって。

倉本　うーン。

加藤　だから、ある意味で本当に、私の歌手生命は、石井好子さんが守ってくれたのかもしれません。

倉本　1972年に長女、藤本さんが「美しい亜細亜の子」と命名した美亜子さんを産みましたね。子どもを産むっていうのは、とにかく痛いンだろうけど、出てきたときにどういう感じがするンですか？

加藤　時間が途切れた感じですよね。今までお腹の中にいたのが、突然赤ん坊になって「いる」という関係は、持続性がなくて。過去が全部消えて突然「いる」って感じですね。

倉本　感激したわけでしょ？

加藤　はい。もー泣きましたね。意味なく、ただ、ダーーっと涙が出る感じ。悲しいとかじゃなく、なんか天からのシャワーを浴びてる感じがしましたね。まったく違う時間が、ここから始まるっていう感じがして。

倉本　これは女性にしかわからない感覚だろうなぁ。

長峰　そうなんでしょうねー。

加藤　それで歌手は、もう辞めてもいいと思ったのに、3カ月くらいたったら、また歌いたくなっちゃったんですよ。

長峰　あら、3カ月で。

加藤　たまたま、友だちの浅川マキのコンサートを見に行ったの。そしたら、今までに感じたことのないほど、体に音楽が感じられるんですよ。音を感じるだけで、もう鳥肌が立つんですね。それで、こんなに歌いたいのかって思って。それで、最後のコンサートからきっちり1年後に歌い始めようと決心しました。

長峰　ええ。

加藤　それで、赤ん坊が産まれたときに、それまでの時間が全部消えたって思っているから、全部新しい歌を歌いたいと思ったんですよね。

倉本　ほー。

加藤　創作意欲に燃えたっていうか。なんか三途の川じゃないけど、川を渡ったんだから、もう戻れないって感じになって……。だからそれまで歌ってた『知床旅情』とか『ひとり寝の子守唄』とかは歌わなかったのね。

倉本　どういう歌を歌ったの?

加藤　そのときに『この世に生まれてきたら』っていう歌を作ったんですね。それを中心に、そのコンサートのために10曲近く作って、ミュージシャンも新しい人に出会って、ホント全部新しくして。

倉本　うンうン。

加藤　それを1974年に『この世に生まれてきたら』っていうアルバムにして。思えば、その自由な雰囲気は、今もやってる「ほろ酔いコンサート」につながってますね。

長峰　40年以上続けていらっしゃるコンサートですね。

鴨川での結婚生活

倉本　1974年に藤本さんが刑期を終えて、いよいよ家族揃っての新生活が始まるンですけど、結構前途多難だったそうで。

加藤　彼が刑務所にいたわけだから収入がないのが当たり前じゃないですか。だから私がちゃんとしなきゃいけないと思って、一生懸命やっていたんだけど……。それが彼を苦しめるとは、まさか思わないでしょ。でもそれが彼の中で暴発するんですね。

倉本　あーー。

加藤　「お前の金をどぶに捨てろ」って急に言い出したり。で、そのときに、あなたは革命家なんだから、好きなことしていいのよって言ったんだけど。……男ってそういうことに耐えられないものなのかなって思って。

倉本　それはあるよね、男は。それはあると思う。

加藤　もうひとつは、まわりが、お前は偉そうなこと言っても、しょせん女に食わしてもらっているだろうという視線を向けますよね。その両方を感じて彼は、ついに本当の農民になりたいって言い出したんです。

倉本　それで鴨川に行くわけ？

加藤　そう。鴨川から始めようって。私もそのときは、「いんじゃない」って同意してたくせに、いよいよ家を探し始めたときに、ハッと「（小声で）これは無理」って思ったんですよ（笑）。

長峰　えっ、どうしてですか？

加藤　いろいろ理由はあるんだけど、田舎に行って家を探しているうちに、ここに住んだらどうなるのかというリアルなことが浮かんできました。まず私は運転できない。直接的にはハチに刺されたっていうことがあるんですけど……。

倉本　（笑）ハチに刺されたから？

加藤　ハチに刺されて腫れてきちゃったんで、薬をつけたいって言ったら、薬屋さんまで車で30分かかるって言われたんですね。もし彼がいないときに何かがあっても、何もできない。そういう現実の中を生きていくんだと思ったときに……「無理」って思ったの。まだ生まれたばっかりの子もいるし。

長峰　お子さんを抱えてね。

加藤　それで朝起きたときに、「ねえ、私は行けないわ」って言ったら、彼は怒りましたねぇ。だから、私は別居結婚のような形を取りたいと思ったんです。彼も、半年ぐらいで納得してくれて、鴨川と東京に住まいを作りました。

倉本　ふたつの船というい方をしてますね。

加藤　最初は、「ふたつの船なんてありえない、ひとつの船に船頭ひとりだ」って言ってましたね。でもこれ、革命家の言うことかしら（笑）。

長峰　そこらへんはものすごく「男」っていうところが中心になっているんですね。

加藤　私も、そういう彼が好きだった部分もありました。やっぱり「どぶに捨てて来い！」って言うなんてかっこいい！　という部分もちょっとありましたよね。だけどやっぱり、バカって思いましたけど。

長峰　複雑ですね。

加藤　子どもを持ちながら歌っているということに対しては、彼は否定はしなかったんですよ。歌をやめろって言ったことは一度もありません。だけど、それが社会的に、女房の稼ぎで食ってると言われるんだったら、私と一緒じゃない方がいいよねって。それでふたりは別れようということになったんです。

倉本　はあー。

加藤　「じゃあ俺は出るから」って彼が言ったのが、その年の暮れだったんですね。それで、お願いだから正月だけいてって言ったの。そんなさみしい正月はできないよって。そしたら「じゃ正月までな」って。

倉本　ふーむ。

加藤　正月はみんなで一緒にお祝いして。その後に、あなたが出ていくのは寂しいから、私が出ていくことにしますって言ったんです。子どもと一緒に母の方に行きました。そうしたらしばらくして、ぷらっと来たんです。何事もなかったかのように、「やあっ！」みたいな感じで（笑）。

倉本　（笑）。

長峰　ドラマチックですね。

加藤　そのときはうれしかったなあ。それで、夜抱き合ったときのことは覚えていますね。男と女の絆って、こういうものだと思いました（笑）。こんなこと誰にも言ったことないのに（微笑）。それでずるずると春まで離婚せずに済んで。

長峰　うらやましい……。

倉本　それから鴨川に行くンですね。

加藤　そうです。離婚はせずに、彼だけ鴨川に行くようになり、東京と鴨川の二元生活が始まったんです。ホントにそっからはうまくいくようになりましたね。結婚生活15年目で、私たちは結婚式を鴨川でしたんですけど、私はそれを結婚の「卒業式」と呼んでいるんです。結婚の悩みから解放された記念日ですから。

倉本　えゝ。

加藤　結婚記念日のお祝いに、少し花嫁気分になってみたいなっていうような気持ちになってね。ウエディングドレスも着させてもらって（笑顔）。

この時代を生きる子どもたちへ

加藤　２００２年に、藤本が肝臓ガンで逝ってしまって、私は彼がやってた「鴨川自然王国」の代表を引き継いたんですね。藤本が理想としていた有機農法の野菜づくりと、循環型社会という考え方が、若い世代に支持されたんですね。

倉本　うンうン。

加藤　彼が死んだときに、最後のインタビューが載った雑誌があるんですね。その雑誌が「青年帰農」っていう特集を組んだんです。今まで熟年だとか定年になったときに農業に帰るっていうことを書いていたその雑誌が、若者こそが田舎に帰るっていう特集をしたんです。そこに、藤本敏夫が、これからは若者自身が都会の生活に疎外感を感じて、田舎に帰ってくる時代がそろそろ始まるかなって、言い残したんですね。それを読んだ人が鴨川に来たんです。うれしかったですね。

倉本　僕も、青年帰農っていう考え方っていうのはすごく正しいと思いますね。僕は今、「徴農制《ちょうのうせい》」っていうのを主張しているんですよ。徴兵制は嫌だけど、徴農制っていうのを、高校から大学のどこかで。僕は、だいたい大学の4年間っていうのはホントに無駄な時間じゃないかと思っているから、その間に2～3年農業をしたらいいと思ってます。

加藤　そうなんですよ！　農業って1年がワンサイクルだから、1年だと一回失敗したら、取り戻すことができないんですね。だから最低2年。

倉本　やっぱり2年から3年は必要だね。とにかく額に汗して、直に土に触れないと、人間ダメになると思うよ。

加藤　一昨年ブータンに行ったときに、一緒に日本から行った人の中に二十歳ですごいしっかりしてる男の子がいたのね。自分の意志がはっきりしているんですよ。それで、あなたはどういう風に育ったのって聞いたら、小学校一年生から全寮制の、農業を教える学校に行ったんですって。

倉本　あゝ。

加藤　小学校一年から自分で作ったものを食べる自給自足生活をして、自分で料理して食べるんだって。そういう全寮制の学校に姉弟で行っていた。彼は、お姉さんが一緒だったので、割と楽だったと言っていましたけどね。

倉本　はいはい。

加藤　だから放射能に汚染された「福島」の子どもたちのことも、疎開は良くないだとか、親と子が離れると良くないっていう話もあったけど、子どもたちは、「生きる」っていうことをきちっと教えれば、親から離れてもしっかり生きられるんですよ。

倉本　生きられます。絶対生きられますよ。

加藤　そうですよね。これだけ非常事態なわけだから、そういう一般論じゃなくて、全寮制のような形を採って、これなら大丈夫だっていう体制を作ればいいのにと思います。せっかくだから北海道なんかに行ってね。北海道なら農地もいっぱいあるでしょうから。

倉本　できますからね。

長峰　(倉本に)なさったんですよね

倉本　僕もそれをやろうとしたンですよね。だけど、教育委員会からストップがかかっちゃった。国がね……。

加藤　いつもの「前例がないから」でしょう?

倉本　えゝ、結局、前例がないからって云うンだけど、放射能が広がるなンて、そんな前例なンかあるわけないでしょう。

加藤　今の世の中って、食事も親が全部用意してくれる、コンビニに行けばできあがったものも手に入る。もう、自分でゼロから命ってものと触れなくて良いっていう世界ですよね。これって便利な「天国」のように見えるけど、逆に「地獄」なのかもって思いますね。

倉本　そうですね。

加藤　自分で命を守ろうと思ったときに守れない。3・11があったときにね、いろいろ悩みはしたけど、みんなで鴨川に住み続ける決心をしたの。土の上にいるっていうことはすごい安心。いよいよとなったら、水も地下から湧いているし、火も薪を燃やせば大丈夫だし、やっぱりいいねということになりましたね。

長峰　そこに帰りますよね。

倉本　世間の人にね、講演会とかでアンケートを取ると、原発の危険を知りながら今の贅沢な暮らしをしたいですか？　それとも、原発の危険はいやだから、貧しい昔に戻っても良いですか？　って手を挙げさせると、一般の人たちの、特に年配の人たちの90％は戻りたいって方に手を挙げるの。ところが、若い人の70％くらいは、贅沢な暮らしを捨てられないって言う。

加藤　でも原発はいま全部止まっている状態だから、原発がなければこの生活は維持できないんだっていうのはウソだって、若い人もわかってきていますよね。

長峰　わかってほしいですね。

倉本　ただ、それでも僕は、贅沢な暮らしっていうのをもっと抑えないといけないとは思うんですよ。夜中までテレビをこんなにやっていいのかとか、コンビニが深夜までビールを冷やし続けなければいけないのかとか。

加藤　あと、トイレのふたは勝手に開かなくちゃいけないのかとかね。

倉本　そうそう(笑)。

加藤　水は勝手に出るのがいいのかっていう。

倉本　やりすぎですよ。

加藤　日本ってやりすぎてるところばっかり。そうすると、勝手に水が流れるシステムでは、そこで電気、水がなかったら、どうすることも出来ない。工夫ができない。そのシステムを誰が管理しているかわからない。これは怖いなーって思いますね。私なんかはやっぱり昔の生活を知っているからでしょうかね。昔に戻れるんだったら、逆に幸せですよ。

倉本　だからそれを知らない今の人たちが昔に戻るっていうことを恐れるんですよ。

加藤　知ってしまえばね。田舎暮らしを経験するっていうのは、とってもいいと思う。

倉本　そうそう。

そして、子どもの頃に

倉本　お母さんが洋裁をやってらして、幼いお登紀さんが、服をほどく手伝いをしてたのが、ひとつの原点だっていう話を何かで読んだンだけど。

加藤　小学校の頃ですね。

倉本　要するに洋服やなんかを一度ほどいて。和服の発想ですよね。

加藤　母は京都の洋裁学校を出てたんですけど、終戦後に、ハルビンのデパートでお針子になったんですね。で、ハルビンは洋服の面では先進国ですから、京都に帰ったときも、ハルビンでやってきたっていうので、洋裁屋がすぐ採用してくれたそうなんですね。母は洋裁で私たちを食べさせてくれたんですね。

長峰　手に職があって。

加藤　で、それで、いちばん記憶に残っているのは京都にいた小学校時代。私は末っ子だからいっつも母のそばにいて、それで、ほどくのを手伝いましたね。だから今もね、洋服をほどくの好きなの（笑）。

倉本・長峰　（笑）。

加藤　洋服をほどいて形を変えたりとか、着なくなった服を一回バラバラにしてとかが、大好きなの。

長峰　お母さまゆずり。

加藤　めちゃくちゃ忙しいときなんかにね、心がざわつくときにそれやるんです。縫い物していると落ち着くのね。

倉本　そうですよねえ。

加藤　それでなんか、よくほら、話の糸口とか、問題の解決の糸口が見つかればとか言いますよね。服の糸口っていうのはね、しっかり止めてあるから、とっても見つけにくくなってるんですね。

倉本　あー、糸口を探すわけ。

加藤　そう。ほどくために糸口を探すんですけど、それが見つかればそこをピッて切って、糸口が切れると、もうドゥワーってほどけるわけです。

倉本　そうですかあ。

加藤　それがなんとも気持ちがいい。

倉本　気持ちがいい（笑）。今これだけ複雑になっちゃった社会がね……どこからこんなに複雑になったかと思うンだけど、その糸口が見つかると、そこをスコンと切って糸をほどくと、もう少し昔の単純な世界に戻れるような気がしますね。

加藤　そうですねえ。

倉本　何事も単純に、シンプルに考えた方が、いいですものね。

加藤　子どものようにね。

山田太一

山田太一　やまだ たいち

1934年東京生まれ。早稲田大学、松竹の助監督を経て、脚本家、小説家となる。作品に『ふぞろいの林檎たち』『早春スケッチブック』『日本の面影』『岸辺のアルバム』『異人たちとの夏』などがある。

山田太一　子ども時代

倉本　太一さん、さっきそこの浅草寺でおみくじを引いたら……。

山田　（笑）そうなんですよ、午前中に着いて、おみくじひいたら、凶なんですよ。数年前に来たときも、凶だったんですよ。で、悔しいから今度は気持ちを込めて引いたら、また凶で。実は、さっきもう一度寄って悔しいからもう一回引いたら、また凶なんです（笑）。

長峰　いやー！

倉本　（爆笑）。

山田　「あまり酒を飲んで、分別をなくすな」って書いてあります（笑）。

長峰　あそこのおみくじは、凶が多いんでしょうか？

山田　負け惜しみでいうと、マイナスばかり拒否して、プラスばかりで生きようとするのは、無理なんだから（笑）。

長峰　（笑）私は今、「願い事叶う」の気分です。昔からのドラマファンとしては、倉本さんと山田太一さんのこのふたりの顔合わせって、ホント私、昨晩は眠れませんでしたよ、ワクワクして。

倉本　長年の商売仇ですからね(笑)。

山田　やっぱり倉本さんがいるということは、とても刺激になりましたよ。倉本さんがいないと考えると、かなり……寂しい。

倉本　以前はね、向田(邦子)さんと3人で飲んだりしたンですよね。

長峰　仲良しだったんですか？

山田　というほどでもない。まあ、脚本家って、結局はひとりですからね。

倉本　そうなンだよね。文壇みたいに付き合うみたいなことはないしね。

長峰　小説家の方々とは、また違う生き方をするんですね。

倉本　違いますねぇ。

長峰　おふたりは、同級生でいらっしゃいますか？

山田　僕が6カ月年上です。僕が1934年で。

倉本　僕もホントは1934年の大晦日生まれなンだけど、1935年の元旦ってことにしちゃったンでね。でも学級的には同じです。

長峰　同じ時代を生きてこられたわけですね。

倉本　太一さんは、生まれも浅草なンですか？

山田　ええ、浅草です。小学校の4年になる寸前に、強制疎開しなければならなくなって浅草を離れたんです。ですから、小学校の3年までは浅草です。

倉本　戦前の浅草には、僕は来たことなかったンですよ。僕は山の手というか杉並の方ですから、全然こちらの方には足を踏み入れたことはなかったンですけど、どういう子ども時代だったンですか？　幼少……ご幼少期は。

山田　（笑）うちは商売をしてまして、子どもの教育とか、そういうことはあまり考えないうちだったんですよ。

長峰　ご商売は何を？

山田　「三昭」っていう大衆食堂です。なんでもあって、藪入りの丁稚さんがお金を握って来たときに、少ない小遣いでも好きな物をお腹いっぱい食べられるっていう、そういうお店でしたね。兵隊さんなんかも来てたけど、だいたい二等兵とかで。

倉本　そうか、兵隊さんがあの頃の浅草は多かったンですよね。

山田　そうそう。向こうから将校がやってくると、みんな直立して敬礼してね。それから、軽演劇の人がカツラをかぶったまま、かつ丼を食べていたり（笑）、そういうお店でしたね。

倉本　どの辺だったンですか？

山田　六区ブロードウェイ近くの「浅草国際劇場」の向かいの一画です。

倉本　その頃の六区でしたら、映画館や大衆演劇のノボリやら提灯やらですごかったでしょうね。

山田　ええ。お店に来るお客さんが「映画行こう」って誘ってくれて、ほとんどお金を払わないで観てたんだと思う（笑）。まあ、子どもでしたから盛り場といっても、瓢簞《ひょうたん》池あたりがいちばんの遊び場でしたけど。

倉本　楽しそうだな。

山田　これ、今でもあるんですけど、蛇骨湯って銭湯。母も食堂で忙しかったけど、店が終わる時間に妹と3人で六区を抜けて通ったのが濃い思い出ですね。

長峰　いい街ですものね。

山田　見た目は随分変わっちゃいましたけどね。でも変わんない浅草が人の中に案外しっかり残ってますね。

倉本　このあいだ太一さんの本を読んだら、「幻灯」って言葉があったンですね。幻灯ってあの頃やりましたよね？

山田　ええ、やりました。仲見世のおもちゃ屋で売ってて、フィルムもワンカットずつ手でまわしてね。で、近所の子を呼んで上映会。でも普通の電球を入れてやると、熱くなっちゃって、燃え出したりするんですよ（笑）。

倉本　僕ら、よく授業中に、ノートの端っこに漫画を描いてパラパラってめくると動くってやつをやりましたよ。あれは思えば、アニメーションの最初だったのかなって。映画や映像に興味を持った最初だったのかなぁ〜って思いますね。

山田　私もやりました。

戦時中の疎開生活、それぞれ

山田　倉本さんも戦争中は疎開をされましたよね。
倉本　僕は、池袋の「豊島師範付属国民学校」ってところにいたンですよ、今の学芸大の付属ですね。で、戦争が激しくなって、小学校4年で学童疎開に。
山田　どこに行ってらしたんですか？
倉本　山形の上山市です。それで、学童疎開に行くときに「教練」と云って配属将校が来るンですよ、陸軍から。
長峰　何しに来るんですか？
倉本　軍国主義を教えるために。校庭に並べさせられて、いきなり「特攻に志願するものは一歩前へ！」ってかまされたンですよ。みんな凍りついちゃってね。まだ小学校の3、4年ですから。
長峰　特攻隊ですか？　小学生に？
倉本　そう、僕ら、竹槍もやりましたから。

長峰　竹槍で人を突くアレですか?

山田　それは、僕らもやりましたね。

倉本　特攻に行くっていったら、死ぬってことじゃない?だから、みんな凍りついちゃったンだけど、ふたりくらい勇ましいのが、ぱっと前に出たンですよ。そしたらね、みんなつられてズズって前に出ちゃったの。

長峰　つられて、みんなですか?

倉本　何人か出られないやつもいたンだけど、僕もそっちで、隣を見たら親友が震えてるンですよ。で、そいつと顔が合ったとたんにパッとふたりとも出ちゃった。

長峰　あぁ!

倉本　そしたら、残っているのもつられてドッと出て。でも、最後まで出なかったのがふたりいて。解散になったあとに誰かが、出なかったふたりに「卑怯者」ってつぶやいたンですよ。すごく覚えてますね。……でも、どっちが卑怯者だった

のかって、後にして思うとね。

山田　う〜む。

倉本　それは、非常にトラウマみたいになりました。あれは怖かったですね。いちばん、戦争を感じたっていうか。……太一さんは？

山田　僕は、学童疎開じゃないから、強制疎開で家族で田舎に、湯河原に行ったわけなんですけど、今は湯河原って通勤圏じゃないですか。でも、あの頃は、言葉から何から全部違ったんですよ。お前を「おまっちょ」とか、そうだろを「そうずら」とかね。

倉本　へえー。

山田　馴染まなかったらいじめられると思って、どんどん土地っ子になろうとしました。向こうも、強制疎開で来た人は、お国のために家を犠牲にして来たんだから歓迎しないといけないという方針が出たばかりの疎開だったので、どう扱ったらいいかとまどっていたみたいで、いじめられなかった（笑）。それでもとにかく生きてかなくちゃなんないから、すごく早く土地っ子になりましたね。

倉本　そうですか。

山田　学校では、先生がいつも竹刀もって机を叩いて、脅しながら軍歌を歌わせてね。大声でね。

倉本　僕のところもそうでしたね。

山田　その先生は、結核で兵隊に行けなかったんですよ。だから勇しくないと思われるのが嫌で、無理して大げさに勇ましくしていたような気がしましたね。みんなもそういう心理がわかってその先生を見てましたね。……今考えると、子どもってそういうのがよく分かるんだなって。

倉本　そうですね。あの先生がどうである、こうであるっていうのは、みんなしっかり分かってましたね。先生の方も、みんなにさらけ出していましたから。

山田　そうですね。

倉本　今の学校の校長先生たちがぼやくには、最近の先生って、まず結婚式に呼ばれないって云うンですよ。それから、自分の家に生徒を連れてくることもないって。

長峰　私の時代でさえ行きましたよ、先生の家に。

倉本　そうでしょ。それがね、最近全然なくなっちゃったって云うンですよ。そこらへんがね、やっぱり……先生ってものが変わってきたンだなって気がしますね。

山田　そうですね。僕が中学のころの先生は、代用教員でしたね、大半が。戦後ですからね。特攻隊に行かなくて済んだ人とか、文学青年だとかね。教科書なんか無視して教えてましたもんね。僕はあのときの国語の先生から、本を読むことの楽しさを学んだなあー。

長峰　いい先生との出逢いって、ホント大事ですよね。

倉本　僕もね、戦後、麻布中学に入ったンだけど、あそこだけ焼け残ったンですよ。僕のところもいろいろな先生が来て、音楽の先生なんかは、芸大のチェロの名手でしたね。その中に児童文学の作家で實藤十徹《さねとうじゅってつ》っていう先生がいらしたンですよ。その先生が作文を担当していて、短編小説の「核」って云うか「へそ」についてという、けっこう高級な授業をやったンですよ、まだ中学2年生ですよ。

山田　はあー。

倉本　その先生が前に小学校で教えていたときに、夏休みの宿題で「はな」って題で作文を書かせたンですって。みんな普通に「鼻」のことを書いてくるのに、夏休みに盲腸の手術をした生徒がひとりいて、そのことを延々と書いて、「病室から出るときに麻酔が切れて、クレゾール（消毒薬）の匂いがした」というところで終わっているンだと。

山田　はあー！

倉本　その話をしながら先生が、「きみたち、これが短編小説のへソだよ」と。あ、、すごくよくわかるな〜と、目からうろこが落ちるような気がしたンですよ。あとでテレビで書くようになってから、もっとね。

山田　それは、倉本さんの力になりましたでしょうね。

倉本　え、。

長峰　山田さんはどうですか？

山田　僕はね、志賀直哉の『母の死と新しい母』という短編があるんですが、その中の母親の死の描写が、僕の母が死んだときと、ものすごくそっくりなんです。だんだん息が浅くなってきて、顎で呼吸をするようになって、唇を脱脂綿で湿らせたりして、それでフッと死んでいくという。……それを文章でこんなに上手く再現できるのかと、すごく感服してね。それで、夏休みの宿題にそれをパクッて提出したら、先生から「すごく上手い文章だ」って褒められてね（苦笑）。

長峰　山田さんが、志賀直哉さんの小説を真似して提出したんですか？

山田　そう。そりゃ上手いと言われる……（苦笑）。長いことそれがトラウマになった（笑）。

倉本　（笑）。

山田　その中学の国語の先生は、ヒロポン（覚醒剤）を打ってたんですよ。特攻隊にときにやり始めて、そのまま中毒になって。当時ヒロポンは薬局で売ってて、証明書があれば子どもにも売ってくれたんですね。だから、先生が証明書を書いて、「お前、薬局に行ってヒロポン買ってこい」って言われて買いに行ったりしてたんですよ（苦笑）。

長峰　そんなことを先生がさせるんですか!? 今じゃあり得ないですよね。

倉本　今やったら、大変だよ。

山田　後になって先生に会ったときに、その話をしたら、「覚えてないよ。あの頃は無茶苦茶だったなあ」って（笑）。

倉本　（笑）時代だね。おおらかだったンですよ。

山田　で、ある日、先生は「俺はヒロポンをやめる」ってみんなに宣言して、体育の用具室に入って中から鍵を閉めちゃったんですよ。それでね、2日か3日出てこないんですよ。それで、「抜けた！」って言って出てきたときには、みんな「すげー先生だ！」って尊敬しましたね。僕も、すごいって尊敬しましたけど。

倉本　ほお〜。

湯河原でのご両親

長峰　ご両親の話をうかがいたいんですけど。

山田　疎開するときに、家は壊され、中華鍋は売り、お皿も新聞紙を道に引いて並べて安く売って、そうやって湯河原に引っ越してきたんですよ。

長峰　湯河原にはどなたか縁故の方がいらしたんですか？

山田　父がときどきひとりで湯河原に行って、定宿もあって湯河原が好きだったので、みかん畑を少し持ってたんですよ。それでまずその小屋に引っ越したんですね。それで、母はなんかもうくたびれたんでしょうね。急に痩せ出して……癌でしたけど。

倉本　お母さんが？

山田　ええ。大塚に「癌研」（癌研究会付属病院／現在は有明に移転）があったんです。巣鴨に親戚がいたので、母はそこから「癌研」に通うようになったんです。僕と姉と妹の三人で、湯河原から母を見舞いに行ったときに、横丁を入ったところに親戚の家があったんですけど、こっちに人力車が走ってくるんですよ。で、その人力車を何気なく見たら、がい骨が乗っててね。

長峰　え!?

山田　「がい骨だ」って思ったら、母だったんです（苦笑）。

倉本　あらら。そこまで痩せて……。

山田　はい。それで、もう最後には湯河原の家に移して、医者もなにもできないで、ただ脈だけ診みているようなことでね、それで亡くなったんですけどね。お葬式のときに、町内にまだそれほど知り合いがいなかったんですけど、近所の人たちがドドドってやってきて、たらいにお湯を張って、母を全裸にしてそこに入れて。……いくら死んでいるとはいえ、全裸にするなんてって思ってね。しかも、髪の毛を全部剃って、ツルツルにして、こういう三角のやつ（天冠）をつけるんですよ。つまり、湯灌をしたわけですよね。

倉本　えゝ。

山田　だけど、子どもから見れば、訳がわからなくて、何であんな酷いことするんだろうって。それで父を見ると、じっと座っているだけで、何も言わないんですよ。やっぱり疎開者《もの》だから、何も言えないいんだなって思いました。

長峰　はあー。

山田　その後、樽が来て、座棺なんですよ。座らされて、白い浴衣（経帷子）を着せられて、それからふたを閉めて、太い棒を縛って、それを山の上のお寺まで、近所のおじさんたちが、えっちらおっちら担いで運んでくれたんですよ。厚意も感じたんですけど、でもなんだかね、すごい暴力的な感じがしたんですね。

倉本　あゝ……。

山田　お寺の境内の真ん中に植木があって、そのまわりを3回くらい座棺を担いでよいしょ！　よいしょ！　ってまわったんですよ。それを見てるうちに、もう葬式じゃなくてなんだかお祭りをやっているような気がしてね。そしたら急に、気持ちっていうより生理的にウワ〜って涙が出てきてね、悔しくてね。

倉本　（うなずく）うむ。

山田　すごく後になってから、もう60歳を過ぎたくらいだったかな。姉と雑談をしているときに、あのとき母が乱暴に扱われて悔しかったねって言ったら、姉が「あれはすごく有り難かったの」って言うんで、何で？　って聞いたら……。

長峰　はい。

山田　実は、近くにうちの浄土真宗のお寺がなくて、日蓮宗のお寺でお経をあげてもらうしかないって話になったそうなんですよ。そしたら父が故郷の愛知のお寺からお坊さんを呼んで、故郷の風習でお葬式をやってほしいと、町の人たちに頼んだって言うんですね。

長峰　愛知県の風習で。

山田　だから父が頼んだことをみんなで一生懸命やってくれていたんだということが分かってね。ずーっと疎開者だから無神経にされたって思っていたけど、ぜんぜん見当違いだったんですね。

倉本　はあ～。

山田　まったく違う意味に読み取って、それが60過ぎまで僕の人生観のどこかにしこりになってずーっとあったんですよ。でもそれが、実は本当の、本物の厚意だったなんてね。……誤解したまま生きてきた自分が、なんとも情けないというか……。

長峰　きっと、書くものにも影響したのでしょうね。

山田　ええ、大いに影響しましたね。……ホントに人間って、誤解して自己形成しちゃったりするんだなあって（苦笑）。

倉本　それはありますよね。

山田　ホントにいろんなことがあるもんだなって……思いましたね。

倉本　お父さんは　そのあと指圧の？

山田　ええ、浪越徳治郎さんの「指圧の心」。

倉本　波越さんが「指圧の心は母心」って云ったのって、テレビでですよね？

山田　それより前に、指圧の学校を作ってたんですよ。半年くらい通うと免状をもらえて、それで商売ができたんですね。だから、父はそこで免状をもらって、昔、自分が客だった旅館なんかをまわって、「指圧をやることになりましたから、呼んでください」って頭下げてね。あれはとっても俺にはできないなと思ってね。子どもだから自分は別にたいした位置で生きてるわけでもないんだけど……。

倉本　ステータス（社会的地位）が完全に変わるっていうのは、僕は一回だけ……しかかったことがあるンですよ。NHKと喧嘩して、北海道に逃げて行ったときにね。もう脚本家はダメだと思ったから、タクシーの運転手になろうと思って。でも、まわりは俺の顔見てトラックの方が向いてるなンて云うから(笑)、トラックの運転手になろうと思ったンですよ。でも、今まで一応、作家先生と云われて立てられていたから、そうした自分の誇りとか捨てられるのかなって、2、3日考えましたよね。でも、あ、捨てられるなって思いましたね、けっこう。

長峰　そのときは、もう売れっ子になっていたんですよね?

山田　大河ドラマもやられてたし。

倉本　けっこう売れてたンだけど、でも、そんなもの捨てられるって思いましたよ。

山田　それは、偉いですよ。そういう転機をちゃんと生きることができるって、素敵ですよね。僕は、親父は素敵だと思うんだけど、自分はとてもできない。僕は「見栄坊」だと思った(苦笑)。別に、誇りとか見栄を張るようなものなんて、なにもないんですけど。

倉本　そのあと、パチンコ屋をやるンですよね。

山田　ええ。「名古屋でパチンコというものが、このごろ流行っているらしい。パチンコ屋をやるぞ」って言い出してね。昔カフェだった家を借りていたので、空いてたフロアに30台くらいパチンコ台を並べて。「湯河原にはまだパチンコ屋が一軒もがないから、これは絶対に当たる！」って父は言うわけね（苦笑）。

倉本　（笑）。

山田　それで、やってみたら、湯河原って温泉街だから浴衣着た温泉客が当時は今よりずっと外をぶらついたんですね。パチンコも珍しかった。

長峰　当たったんですね。

山田　大当たり。帳場に石油缶を置いてパチンコ玉を売るんですけど、僕は高校生でしたが、学校から帰ってくると、帳場とパチンコ台の裏の調整ね、機械化されてないですから、玉を補充したり磨いたり……。

長峰　山田さんがやられてたんですか？　高校生で？

山田　はい、やってました（笑）。それで、父は僕を大学に行かせたいと思ってたんでしょうね。金ができたから行けって言うんですよ。でも、急にそんなこと言われてもね（苦笑）。結局、一回落ちて早稲田に入ったんですけどね。……父にはそういう、なんでもやる「地力」のようなものがありましたね。

倉本　大学は、何学部だったンですか？

山田　教育学部です。物書きに憧れてたので、まずは学校の先生になって、夏休みと冬休みに小説書いて、あわよくば芥川賞でも獲ってなんてね……人には言わなかったですけど（笑）。

倉本　いつごろそう思ったンですか？　浪人中に？

山田　高校の末期くらいからですかね。

倉本　早いなぁ。僕なンか、全然、物書きになんて、なれるわけないと思ってましたから。

長峰　書く仕事をするというイメージはありませんでしたか？

倉本　好きだから書いてはいましたよ。大学ノートとかチラシの裏とかに。でも、プロになろうっていう気はまったくなかったなぁ。

山田　僕も、なろうというより、なれたらラッキー！　くらいですよ（笑）。宝くじ買っ

倉本　て、当たったらどうしようって考えるぐらいのことでしたね。
長峰　ホント、そんなもンだった。願わくば一生に一回、自分の書いたシナリオが映画化されればいいいなぁ～ぐらいの、そンな考え方でしたね。
倉本　その時から、もうシナリオだったんですか？
山田　僕はそうだね。昔からシナリオと戯曲だったの。
倉本　倉本さんは、大学で演劇をやってらしたんですよね？
　大学に入ってすぐ劇団「仲間」（中村俊一・主宰）に入ったから、4年間、そっちにばっかり行って、ひたすら演劇修行一筋。だから、大学の授業に出てないから、試験があっても何にもできないわけですよ。専攻を決めるときに、「君の行けるところは、インド哲学か考古学か美学か」って云われて、全然わからなかったンだけど、「美」がついてるから「美学」っていうのに行こうって思って（笑）。
山田　でも、なんか素敵ですね。
倉本　そしたら、何だか吹き溜まりみたいなのがいっぱい集まってきてて（苦笑）。
山田　久世（光彦・TBS演出家）さん？

長峰　久世さん、鴨下（信一・ＴＢＳ演出家）さん。

倉本　一癖も二癖もある奴らばっかり（笑）。

長峰　早稲田の山田さんには、寺山修司（前衛芸術家）さんっていう素敵なお仲間がいらしたんですよね。

倉本　寺山とは、親しかったンですか？

山田　（笑）ええ、寺山とは同級生でしたから。不思議な縁なんですけどもね。寺山も、まだ青森から出てきたばっかりで訛りがひどくて、本はいろいろ読んでいたけれど、だからなんかまあ「子どもがふたり、友達になった」みたいな感じでしたね。

倉本　僕も、寺山とはずいぶん付き合ったけど、太一さんと寺山がふたりで、どういう会話をしていたのかっていうのが、想像がつかなくて（笑）。

山田　本の話ばっかりでしたね。まあ両方、見栄を張ってるってとこも、あったんでしょうね。元の本を読まずに、解説だけ読んで知ったかぶりをしたりとかね。あと好きな詩人の話もしましたね。寺山は短歌や俳句にも教養があったんだけど、僕はあまりそっちには興味がなかったから、そのへんの接点はなかったですけどね。

倉本　あ、。

山田　なんか、人恋しいみたいな時期ってのがあるんですよね。そりゃ女性も恋しいんたけど、その前に男同士で親しくなるっていうね。今は、もっと小さい頃の話なのかもしれないけど、あの頃はみんなまだ育ってなかったっていうかね。大学1年生くらいでも、ホント子どもでしたね。

松竹に入社

倉本　映画会社に就職されたのは、どういうきっかけなンですか?

山田　教師は、免状があっても採用には校長のコネがないと就職できないって言われた時代だったんですよ。それで大学の就職課みたいなところで、松竹って映画会社が助監督を募集しているから行ってみろって言われて、それで就職したんですよ。

倉本　そのときの初任給って、どのくらいでしたか？

山田　見習い期間っていうのが半年くらいあって、そのときは６０００円でしたね。

長峰　それは、いいんですか？

倉本　いや、良くないね……僕は1年留年が多いから翌年になるンだけど、ニッポン放送に就職したときの初任給は1万２３６０円でした。

山田　ただね、ものすごく残業が多かったんですよ。そうすると残業料で給料の倍くらいになるんですよ。

倉本　あゝ、そうでしょうね。

山田　で、ひとり者でしょう。残業すると食券が出るから、食堂でご飯食べて、そうするとお金使わないんですよ。使う時間もなかったし。家賃払えば、あとは撮影所で生活できるみたいな感じで。

倉本　松竹には、助監督として入られたンですか？

山田　そうです。助監督だけが試験をやって入るんですよ。あとの部署はコネが必要で、

倉本　照明部とかは。

山田　助監督で入ると、誰かの組に付けさせられるンですか？

倉本　最初は一週間ずつ、そのとき撮影に入っている組に付けさせられるんですね。

山田　最終的には木下（恵介）組になりますよね。演出手法みたいなものは、助監督は自然と身に付くものなンですか？

倉本　ええ。木下さんなら木下さんのやり方みたいなものが、身に付いてきますね。

山田　シナリオは自主的に書いてたンですか？

倉本　あまり書きませんでしたけどね（苦笑）。木下さんは、口述筆記でシナリオを書かれるんで、僕も口述筆記はずいぶんやらせていただきましたね。演出でもね、次の日に撮るシーンを木下監督ならどういうふうに撮るかとか、時間をどのくらい用意したらいいかを考えるから、コンテ（カット割り）なんかを想像するわけですよね。そういうのが勉強になりましたね。

倉本　そうですよね。僕は、いろんな人のシナリオを独学で勉強したンだけど、木下さんの映画はすごく好きだったんですけど、本はつまらなかったですね。

山田　そうそう。

長峰　え？

倉本　つまり、監督と脚本を一緒にやられるから、頭の中にすごくいろいろなものがあるンでしょうけど、でもそれをシナリオの上には出してこないわけで。

山田　出してこないですね。

倉本　だから、シナリオは読んでもおもしろくないンですよ。

長峰　それは、相容れないものなんですか？

倉本　いや、相容れないンじゃなく、要するに、自分の撮影台本、撮影メモなんだよね。たとえば橋本忍さんの書いた本は、そこである種、シナリオが完結、完成しちゃっているわけ。でも、木下さんは自分で監督するから、本では完成してないンだよ。

山田　ただ「瀬戸内海の海」としか書いてないわけですよ。でも、撮影になると、空の色も、海の色も、風の音も、波の具合も、とかっていうふうに、けっこう延々と撮るわけですよ。

長峰　頭の中には、ちゃんと出来てるわけですね。

山田　そういうところは、よく言われることでしたね、木下さんの場合は。

脚本家への道

長峰　おふたりが、脚本という仕事を具体的にすることになったのは？

倉本　僕は、大学時代に、ラジオの連続ドラマを書いたのが初めてなンですね。だけど、そのときニッポン放送の就職が決まってて、よその仕事をしてはいけないっていうことだから、自分の名前が使えなくて、ペンネームを使って。倉本聰もペンネームですけど、そのときは、伊吹仙之介て名前で書きました。イプセンから取ったンですけどね。

長峰　かっこいいですね。『人形の家』のイプセンから。……山田さんは、松竹で、監督にはならずに、脚本

の方に行かれたのは、なぜなんですか？

山田　まあ、いろんな理由が重なってるんですけど。映画業界が斜陽になって、木下さんが企画を出しても通らなくなってきたから、松竹の専属契約を辞めてフリーになると言い出したんですね。そこにテレビが「ひと枠、持ちませんか？」って勧誘に来たんですよ。木下さんもその気になられて、TBS系列の名古屋とか大阪とかの局で、脚本を書いて演出をなさったんです。

長峰　監督自身が向こうまで行かれて？

山田　ええ。でも、巨匠がひとりで来ても向こうも困っちゃうから、誰か付けろってことになって、僕がカバン持ちで付いたんですよ。木下さんは、普段はコンテを考えない方なんですけど、テレビだとそれではカメラ割りができないっていうんで、考えるわけですよ。Aカメでアップを撮る、Bカメで引きを撮る、Cカメで手元を撮るっていうふうにやっていたんです。そのときに、「ここに、もうひとセリフないとダメです」とか、そういうのを僕が判断してたんですよ。そのコンテじゃダメですって（笑）。

倉本　それ、生放送の時代？
山田　生ではないですね。録画もするようになってたけど、撮影がストップしちゃうと、非常に無駄になるって。
倉本　そうなンですよね。昔は編集するのに、一カ所20万かかるって云われたのね。僕なんかそのとき7万だったから、「君のギャラよりずっと高いんだから」って、止めないような本を書けって云われて。
長峰　どういうふうに書くんですか？　止めないように。
倉本　たとえばね、スタジオにはセットを4杯、4つの場面を組んでおくんですが、たとえば最初のセットが会社でサラリーマンが上司に怒鳴られているシーンで、次のセットがそのサラリーマンが茶の間で奥さんに慰められるというシーンだった場合、会社で怒鳴る上司を最後にアップで撮るんですよ。大体カメラは4台で狙うんだけど、その上司を撮るカメラ以外は、みんなそーっと次の茶の間のセットに移動するんですね。当時のカメラって、ケーブルが太くて重いんですよ。

山田　あれはホント重いですよね（笑）。

倉本　だから1本のケーブルに3人くらいケーブルマンが付いているわけ。もつれさせないように音を立てないように移動させなくちゃいけない。役者も、奥さん役は事前にスタンバってられるからいいけど、サラリーマンは会社の自分のセリフが終わったらすぐに、茶の間のセットに移動しながら、背広をパジャマに着替えて、風呂上がりの湯気をつけたり、煙草をくわえたりするンだけど、そうした時間を稼ぐために会社の上司の怒鳴りを長セリフにするんです。

長峰　余裕がある流れを作るわけですね。

倉本　そうそう。それで茶の間も奥さんのアップから入るの。それでも間に合わないときは、奥さん役がアドリブでもたせるなんてしてね。

長峰　はー。ものすごいライブ（生）ですね。

倉本　だから、僕なんか狭い家に住んでたンだけど、ストップウォッチを持ってね、着替えながらだとだいたい何秒くらいかかるかを、家の廊下を何回も往復して測ってましたね。そこまで緻密に計算しないと本が書けなかったの。

長峰　それが、当時のドラマの書き方だったんですね。
山田　そうですね。作品の出来や演技の出来じゃなくて、場面転換で達成感を味わっちゃうぐらいでしたね(笑)。
倉本　舞台は生だから、僕は今でもそのきわどい勝負をしてますね。
長峰　山田さんは、木下さんのプロダクションで脚本を書き出されたんですよね?
山田　ええ。木下さんがテレビに移って、脚本を倉本さんや向田さんにもお願いしたんですが、一週間に1本ですから足りないんですよ。それと木下さんも僕には「これはダメ」ってはっきり言えるけど、お願いした脚本家には遠慮もあったんでしょうね。それで、「君が書け、君が書け」って言うから書き始めまして。
長峰　はー。
山田　で、そのときに木下さんが胆石になって入院なさったんですよ。それで一生懸命書いた本を持って行きまして。ベッドに横になっている木下さんの前で、僕が読み上げて。で、聞き終わると「あのセリフはいらない、あそこはこうして」って言われて、それを病室で直して。直し終わると、病室の前のベンチでずっと待っているプロデューサーに渡して、プロデューサーがそのまま撮影に持って行くっていうね。そういうことをやりまして。

倉本　ほお〜。

山田　最初は、30分で50話くらいの長い連続もので、1話ずつ短編小説みたいになってるやつを、よくやりましたね。

倉本　あのころは、そういうのが多かったですよね。1話読み切りってやつね。

山田　木下さんが19本書いて、僕が20何本か書きましたね。

倉本　あ〜すごいですね。

山田　それで、ずいぶん勉強させていただきました。

小説からTVドラマへ『岸辺のアルバム』

長峰　おふたりは、何を書きたいと思って脚本家になったんですか？

倉本　何が書きたいというより、シナリオが書きたかったンでしょうね。

長峰　題材は？

倉本　題材に関するこだわりは、最初はなかったですね。とにかく、シナリオを書いて、それを役者が演じてくれて、それが映像になるっていることが、一種の夢でしたからね。

長峰　小説じゃなくて？

倉本　そう、小説じゃなくて。僕は一本も小説って書いてないンです。

長峰　倉本さんの場合、その違いは何なんですか？　映像作品の魅力って？

倉本　やっぱり、総合芸術だってことでしょうね。ただね、太一さんも小説書かれるし、向田さんも小説に行っちゃったし、みんなやっぱり欲求不満を起こすンですよ、脚本家は。つまり、自分の意図のままの演技や演出なんて、めったに出てこないンですよ。

山田　まあ、それはしょうがないですね、他者だからね。

倉本　他の人が作るわけだから。だから、自分の仕事がそこで完結してないってことに、不満が出るのかな？　太一さんはどうなンですか？

山田　それは、そうですね。でも大勢で作るものも、やっぱり素敵なんですよ。いい役者さんだと、ほんとに得しちゃうって（笑）、そういうこともありますよね。だけど、そうじゃないものも引き受けなきゃなりませんですよね。だから、小説は全部文章だけの勝負でしょう。何を書いたっていいわけですよ。テレビだと、ちょっとロケが多すぎるとか、いろいろなことがあったけど……。

倉本　制約が多いですね。

山田　僕は、割と小さな世界を書くので、テレビドラマの世界でもそんなに不自由は感じてなかったんですけどね。でも、新聞の文化部の人が「あなた小説も書けるんじゃないか」って言ってきたんですよ。でその時に、『岸辺のアルバム』（1977年TBS）の元になるストーリーが、頭に浮かんだんですよ。これはテレビに企画を出したって、絶対に通らないような暗い話で（苦笑）。

倉本　多摩川が氾濫しちゃうからね。

山田　最後に家が流されちゃう、こんなひどい話、絶対に企画が通らないって思ったんです。それで新聞で小説を書いたんですよ。そしたら、TBSがね、これを

倉本　テレビにしようって、大山勝美（TBSプロデューサー）さんたちが言ってくれて。

長峰　ホント、よくやりましたよね。（長峰に）ジャニス・イアンが主題歌で流れるじゃない。今、この番組のコマーシャルは、同じ曲を使ってるんだよね。

山田　あの音楽の使い方が、すごく斬新でしたよね。

倉本　あれは、プロデューサーの堀川とんこうさんの功績ですよ。いい作品ができるときっていうのは、なんか、みんなうまくいくんですよね。俳優さんでも何でも。

山田　時の勢いみたいなのがあるンですよね。凶、凶、凶、凶って出ちゃうみたいな（笑）。

（爆笑）。

テレビドラマの魅力

倉本　マキノ光雄（映画製作者）さんが「この脚本には、ドラ

マはあるけど、チックがないな」って云ったたっていう話があって、僕は、その言葉がとってもズシンときてね。

山田　倉本さんのは、チックがあるもんなぁ。

倉本　僕は、テレビは、チックだけでいいンじゃないかなってね。

長峰　チックっていうのは、具体的には、どういうことなんですか？

倉本　ドラマチックっていう言葉があるじゃない？

長峰　ドラマチックのチックですか？

倉本　そう、ドラマのチックって何だろうって、僕も思ってね。それで、テレビっていうのはチックでいい、チックをメインにして書いたほうがいいンじゃないかってていうふうに、一時期思いましたね。

長峰　いつごろですか？

倉本　テレビを書き出して、間もなくですね。当時ドラマは30分番組でしたから、ドラマってほどの大きなうねりは、なかなか作れないし。それよりも、小さなこだわりとか、ほじくりとか、人間の機微とか。

山田　映画では、ちょっと小さな話すぎるものが、テレビではちゃんと成り立つという発見って、ありましたよね。

倉本　ありましたね。

山田　パディ・チャイエフスキー（『独身送別会』など、ニューヨークのダウンタウンを舞台にしたテレビドラマを執筆）っていうアメリカの初期のテレビライターが書いたシナリオ集が、翻訳されて日本で出たんですよ。作品自体は、僕にはそんなに魅力的じゃなかったんだけど、「まえがき」で「テレビっていうのは、こうだ」って言っているのが、すごくチャーミングだったんですね。

倉本　ふむふむ。

山田　どこかの王子が、自分の父親を誰が殺したかで苦しむっていう話よりも、隣の肉屋の旦那は、なぜあの奥さんと結婚したんだろうっていう話の方が、ずっとドラマチックだと思う、とね。で、テレビはそれに向いているって。

倉本　（大きくうなずき）うンうン。

山田　たしかに、王様ものをテレビが撮っても、サイズが小さいからあまり似合わないんだけど、肉屋の旦那の奥さんとの話だったら、丁寧に書けますよね。それを読んで、僕はものすごく興奮してね、「これだ！ テレビはこれだ！」って思ってね。

倉本　えゝえゝ。

山田　もう、チャイエフスキーに会いたいとまで思ったんですよ。それでまず翻訳をした江上照彦さんという方に電話をして、「会ってください」ってお願いをしたら会ってくださったんですよ。新橋の屋台で並んでお酒をごちそうになって。江上さんは、初期にテレビドラマを書いてらしたんだけど辞めて、（相模）女子大の先生をやってるそうで。「なんで、辞めちゃったんですか」って聞いたら、「君、虚しさだよ！ 虚しさだよ！」って言って、僕の背中をバンバン叩くんですよ。

長峰　（笑）はー。

山田　生放送で、終わると何も残らない。何カ月もかけて書いたものが、一瞬でなくなっちゃうことが、ずーっとやってて耐えられなかったっていうんですよ。「君も、その虚しさにぶつかるんだ」って叩かれてね(笑)。僕も感じてましたけど……。

倉本　それは僕もすごくよくわかる！　僕も最初の頃は生放送で、ホントに何も残らないし、台本はスタジオにどんどん捨てられていくでしょう。そうするとね、なんでこんな虚しいものに賭けているンだろう、っていうふうに思うンですよ。……でも、それが、虚しいからこそ賭けるンじゃないか！　っていうふうに僕は思っちゃったのね、変な云い方だけど。

山田　いや、わかりますよ。

倉本　散るということがわかっているから、花が美しいンだっていうような、なんか変な感覚になっちゃったの。

山田　美学ですね(笑)。

倉本　(笑)虚しいから、しっかり書こうっていうね。消えちゃって、もう誰も見ないものだから、誰かの頭の中に残る作品になるように、しっかりしたものを書かなくちゃいけないっていう、そういう方向に僕は頭が行っちゃったンですね。

山田　小さな話を丁寧に書けるってことですね。映画はどうしたって、ある程度大げさなところがないと商売にならないってところがあるけれど、テレビは小さな話でしょう。

倉本　僕も、そこがテレビだと思うし、徹底的にそこばっかりにこだわって書いたのが『6羽のかもめ』(1974年フジテレビ)なンですね。

山田　あれも素晴らしい作品ですね。尊敬しました。

倉本　秋刀魚をお皿に乗っけるときは、頭が右で腹が手前っていうのをね、そうじゃないンじゃないか、逆じゃないかって云う役者がいて、母親からそう教わってきたというね。それをテレビの料理番組でやっちゃって、文句が殺到するという、それだけで1時間番組を書いてみたりね。そこだけに絞っていくとね、とてもチックなのよ。秋刀魚の置き方だけでね(笑)。

山田　倉本さんは、そういうのが本当に上手でね。

倉本　上手っていうか、好きだったですね。

『想い出づくり。』VS『北の国から』

長峰　おふたりが脚本家になられて、意識し始めたのっていつ頃ですか、お互いを？
それとも意識しなかったですか？

倉本　もちろん意識してましたよ。常にリスペクト（尊敬）してましたよ。

山田　倉本さんって凄いなぁって思ってました。参考になるんですよ。自分がどういう作風なのかっていうのも分かる。

長峰　そしてついに1981年に、『北の国から』と『想い出づくり。』が直接対決！

倉本　ダブってたやつね。

長峰　山田さんがTBSで、倉本さんがフジテレビで、毎週金曜日、夜10時から。

倉本　あれはね、『北の国から』が先に決まってたンだけど、

山田　ＴＢＳがぶつけてきたンです。ＴＢＳって根性の悪い局なンです（苦笑）。
長峰　（大笑）。
倉本　その頃からですか（苦笑）。いやいや、テレビとしては当然のことですから。
山田　太一さんの方が、先にスタートしたンですよ。同じ秋の作品なんだけど、２、3週前から始まってたンですよ。で、そちらの方が良かったンです、視聴率。
倉本　いやいや、あとで圧倒的にね。
長峰　いや、負けたんです、完全に（苦笑）。
山田　勝ち負けですか（笑）。
長峰　まぁ、そういうのもいいですよね、テレビの場合は。
山田　でも、あのとき私たちは、ビデオもないから真剣にどっちかを選択して。まぁ、あとで再放送とかでどっちも見るんですけど。その当時、おふたりはご自身のドラマをオンタイムでご覧になってたんですよね？
長峰　もちろん、見てました。
山田　フジテレビの『北の国から』は？

山田　見てましたね、どうやって見たんだろう？

倉本　僕はね、その当時は、ビデオを撮れなかったから、太一さんが『想い出づくり。』を全部ビデオに録って送ってくださったの。放送が終わってから。

山田　ああ、そうでしたっけ。わー、余計なことをしたなぁ（笑）。

倉本　いやいや、そんなことないですよ。それを見て、非常に勉強になりました。

山田　僕も、改めて倉本さんは、やっぱりユーモアっていうのかな……そういうのが、とっても上手いなぁと思ってでね。

倉本　たぶんね、それは、下町と山の手の違いがあっても、やっぱり東京なンですよ。江戸なンですね。笑いの質が、どこかで共通しているンですよね。関西とは、全然違うっていう。関西の笑いには、なんかついていけないっていう感じがあるンですよね。

長峰　関西には関西のお笑いの文化がありますよね。

山田　そう、それはそれでね。

長峰　東京人のセンスっていうのが、あるんですね。

倉本　それは、あると思う。僕は、『前略おふくろ様』（1975年日本テレビ）というのを書きましたけど、あれは、太一さんの『それぞれの秋』（1973年TBS）のナレーションに刺激されて書いたんですよ。『それぞれの秋』は、小倉一郎のナレーションで進行するんですよね。でもね、昔、僕がやってた日活映画では、「ナレーション」と「回想」は、卑怯な手だから使ってはいけないって禁じられてたの。

長峰　卑怯なんですか？　それは何で？

倉本　まあそれは、江守清樹郎（日活の制作者・重役）の思い込みだろうけど（笑）。

山田　描写しないで喋っちゃうんだから、ズルイっていうことでね。

倉本　ところが『それぞれの秋』を見ていたら、堂々と小倉一郎がナレーションでことを運んでいるわけね。

長峰　自分の心情を語るんですね。

山田　それだと、スタイルになるから、ナレーション自体が描写になりますから。

倉本　それを見ていて、たとえば高倉健みたいな人が無口でいるってことは、本当に無口なンだろうか？　インナーボイス（心の声）は、意外と饒舌だったりするンじゃないだろうかって思って。田舎の青年が山形から出てきて、方言コンプレックスもあって人前で口にできない板前の心の声を、思い切ってナレーションで喋らせちゃおうって。

長峰　それで『前略おふくろ様』で萩原健一さんが喋ったわけですね。じゃあ、あれは山田さんに影響されて？

倉本　すごく影響されましたよ。それと山下清の『裸の大将放浪記』の語り口を加えていったンですね。

山田　ああ、なるほど。

長峰　それまでのタブーに挑戦したってことですものね。

倉本　そう。僕は、いけないもんだって教わっちゃってたからね、だから、日活ではナシだけど、松竹ではアリかぁ！　って思ったの（笑）。

長峰　松竹だから、アリだったんですか？　山田さんが、アリにしちゃったんですか？

山田　あのね、『逃亡者』（63年～米ＡＢＣ、日本では翌年～ＴＢＳ）っていう、お医者さんが無実の罪で追いかけられるっていうテレビドラマが、その頃すごく当たってたんですよ。それのナレーションが、ホント素敵だったんですよ、ロマンチックで。……それでね、あ〜こういうのアリだなって思ったの（笑）。

倉本　（笑）なるほど。

山田　だからね、同時代に生きていると、いろんな影響を受け合いますよね。ひとりで、すべてを無から作ることは、できないですよ。どういう作家であれね。だいたい、言葉ってものが、まず継承しないとどうしようもないわけだから。そういう流れっていうのは、ありますよね。

倉本　盗むンじゃなくて、影響し合ってたンですよね。

山田　そう、影響し合ってたのね。あのころ、サリンジャー（ジェローム・デイヴィット・サリンジャー）の『ライ麦畑でつかまえて』が野崎孝さんの翻訳で出て、その語りっていうのが、非常に魅力的だったんですよ。

倉本　そうそうそう。

山田　それで、『それぞれの秋』はサリンジャーでいこうってことなったの（笑）。

倉本　それはね、僕ね、わかったンですよ。これはサリンジャーだってね。

山田　分かる人には分かると思いますよ（笑）。そういうふうにアメリカを手本にしたりすることが、だんだんなくなってきたっていうかな。今は、みんな、自分の口調で、自分ですべてを初めからやろうと思うと、どうしたって薄くなりますよね。パクリはいけないけど、影響を受けるってのはいいと思うんです。影響がなくて、作家になんてなれませんですよ。

倉本　みんなどこかで、うまいラーメンのタレがあったら、盗むのよ（笑）。盗むというか、影響されちゃうのよ。そして、自分の味になっていくのよ。

長峰　それで『それぞれの秋』が生まれ、『前略おふくろ様』が生まれ、それに影響を受けた人たちも、きっといっぱいいるんですよね。

山田　それは、いるでしょう。倉本さんのエピゴーネン（亜流・模倣者）は、いっぱいいるでしょう。

ドラマに向き合って

長峰　私はドラマが大好きだったから、あの頃のおふたりの作品を全部拝見してると思いますけど、普通のドラマと、何か違うって感じてました。

倉本　多分なンだけどね。太一さんとか僕とか向田さんの本って、当時のテレビのホームドラマの「主流」っていうか、品行方正にまとめ上げてしまう「主流」というものに、反発したところがあるのね。

山田　うんうん。

倉本　それから、訳知りの人たちが出てきて、物語を誘導して解決するっていう、それにすごく反発してたっていう感じがあるンですよね。

長峰　どうして反発したんですか？

倉本　やっぱりそれは、「つまらない」と思ったから、それをやってると。

山田　予定調和になってしまいますからね。

倉本　まあ、僕はその反発心が強すぎて、よく人とぶつかることも多かったですが。

長峰　何にぶつかったんですか？

倉本　まあ、それはいろいろと……太一さんと違って、僕は人間的にダメだから。

山田　何を言ってるんですか（笑）。

倉本　おかしかったのは、向田さんと太一さんと梅ちゃんっていうTBSの人（梅本彪夫さん）と4人で飲んだときにね。梅ちゃんが云ったと思うンだけど、倉本さんは「木」だと。強そうに見えるけど、ボキッと折れる、と。それに比べて、太一さんは「竹」だと。しなしなと風になびくけど、折れない、と。それを云われてね、上手いこと云うなぁと、感心したことがあった（笑）。

山田　（笑）。

長峰　山田さんは、今のドラマとか、テレビ全体でもいいですけど、どういうふうに見てますか？

山田　あのね……僕たちは、ある種の自己形成をしちゃっているじゃないですか、作家として。ですから、その感性に逆らうものに対して、誤解するくらいに反発を感じてしまうというところがあるような気がするんですね。

倉本　うんうん。

山田　たとえば、アングル（ドミニク・アングル）みたいな、すごくきれいな丁寧な絵を描く画家がいて、そこへモネ（クロード・モネ）みたいなぐちゃぐちゃな絵を描く人が出てくると、なんだこれはいたずら書きじゃないか、完成してないじゃないか、と思うじゃないですか。だから、その前の時代に、ある程度の完成度に達した人っていうのは、普通の素人の人よりも、次の世代の逸脱に対しての許容度が低いような気がするんですよね。

倉本　それは、あるかもしれない。

山田　だから僕は、ものすごく反発を感じたドラマを見ると、こいつはモネかも分からない、と思って、口を慎むようにしているんです（笑）。

倉本　う～ん、それはわかるなぁ。僕は今、芝居のほうにほとんどスタンスを移しちゃっているンだけど、たとえば、若者が行くような芝居を見に行くとね、若者たちがギャ～っと笑うわけですよ。でも僕は、ちっともおもしろくないわけ。

山田　おかしくないですね。

倉本　それでしらけちゃうわけね。で、結局途中で出てきちゃったりするの。これは、僕がいけないんだろうか、舞台が間違っているのかって、いつも悩んじゃうんですよね。

山田　僕は、それは、悩むのはいいと思う。でもどっちか割り切っちゃいけないと思う。

倉本　悩むのはいいけど、割り切るのはダメなの？

山田　つまり、これはダメだって切っちゃったら、それっきりで、もう交流がないでしょう。その方が、いい悪いというか……

倉本　許容力、あるなぁ（笑）。

長峰　おもしろいところで笑えなくても、怒ったりしませんか？

山田　なにやってんのこれ、と思うけれど。自分には書けないけど、そういうのにもいいところはあるんですよ。だから、全否定はしちゃいけないっていう気がする。

倉本　ここなンだよ。竹と木の違いは。

長峰　私も、今、思いました（笑）。

これからのドラマ創り

倉本　僕はね、「創作」という言葉をずっと考えているンですね。創も作も「つくる」だけど、創と作の違いは何だろうって思ったときね、これは我々のような文筆業だけじゃないと思うンですけど、僕の定義では、「作」っていうのは知識と金で前例に基づいてつくることを「作」って云うンじゃないかと思うンです。で、「創」というのは金がなくても知恵で前例のないものを生み出すことを「創」と云うンだと思うンですよ。

山田　うんうんうん。

倉本　で、昔の、テレビが始まった頃のテレビって、ルールもなかったし、何も分からなかったわけですよね。たしかＴＢＳだと思うンだけど、こういう対談を四隅から撮ろうとしたって話、ご存知ですか？

山田　倉本さんに聞いたような……。

倉本　全面に壁がある部屋にね、4人の男が座っているわけ。それを、他のカメラを映さずに撮ろうと。それ、どうする？

長峰　？？？

倉本　それをね、マジでやったやつがいるンだよ。4人の後ろの壁にね、全部絵をかけておくンだよ。その後ろにカメラを隠しておいて、撮るときだけそこの絵を下げて、それで、反対側のカメラで映すときは、絵を上げて（笑）。

山田・長峰　（笑）。

倉本　それを縦横にやればできるはずだということで、リハーサルではうまくいったンだって。でも本番では、ちょっとしたミスが最初に出たらしいのね、そしたら、あとがもうぐっちゃぐちゃになっちゃって、ほとんど黒味で終わったっていう、無残な結果になったそうなンだけどね。

山田　（笑）うんうんうん。

倉本　それは失敗したけど、そういう「創」的なクリエイティブな仕事をできた時代のテレビっていうのは、僕は、その「熱」が伝わって、それが良かったたって気がするンですよ。

山田　そうですね。今それをやってもね、誰も感心しないですよね（笑）。

倉本　今だったら、編集で簡単につなげられるわけだし、そこにいない人までCGでいるように出来るンだから。映り込んだカメラも簡単に消せるし。

山田　だから、CGや技術的な達成だけを狙ったものは、つまんないですよ。金さえかければ誰だってできるよっていうふうになっちゃうからね。そうした絵で隠す工夫も含めて、そのチャレンジ精神がおもしろいわけだから。

倉本　その工夫をするという前進欲みたいなものがね、やっぱり尊かったンだという気がするのね。それが失敗しても成功しても、人を搏《う》ってたンじゃないかなって。

山田　（うなずく）

倉本　野球でもなんでもそうだけど、「技術」と「心」があって、技術が心を越えちゃうとね、あんまり人を搏たなくなるンだよね。高校野球がいいのは、技術はさほどじゃないけど心が上にいってるから、人を搏つわけだよ。それが、プロ野球になると、技術が上になるでしょ。役者でもね、技術がすごく優れた役者って、あんまり人を搏たないよ。上手いとは思うけど。それよりも、不器用だけど心のある役者のほうが、搏ってくれるよね。

長峰　やっぱり、最終的には「心」なんですね……。

倉本　そこじゃないかって気がする。だから、そこのポイントを、今の若いテレビマンたちがどういうふうに思っているのかっていうのは、ときどき考えますね。

山田　ありきたりなものを避けて新しいものを出すっていうのは、ものすごい不安なんですよ。……でもね、そういうものを思いついてやったときの喜び、うまくいったときの喜びは、やっぱりね！　職業だから、まぁある程度、普通にこなすところもあるけれど、そういうものをやっぱり手放しちゃいけないと思うな。

倉本　（うなずく）

山田　それと、視聴率が良いのがいい作品っていうのは、商売としてはそうだけれども、なにも万人に、全員に見てもらわなくてもいい作品って、ありますよ。全方向にいい顔ができるドラマなんて、書けませんよね？　書こうと思ったたって。

倉本　そうですね。

山田　だから僕は、視聴率が良いとか悪いとかっていうのは、もう虚しくなったって思うんですよ。今さら視聴率とか言ってるほうがおかしいんじゃないかって。

長峰　今でも、さんざん言ってますね。

山田　それをね、革命的にある日、バンッとみんなが「なんてバカなことをしてたんだろう」って気付くときがあると思うんですよ。

倉本　（うなずく）

長峰　そんな日が来ますか？

山田　来なきゃいけないと思う。それは、すぐにでも来なきゃいけないと。みんなある種の習慣の中で、なんとなく視聴率が良ければいいっていうふうになるじゃないですか。それだけでテレビが成り立っていたら、テレビはものすごくつまらないですよ！

戸田奈津子

戸田奈津子　とだ なつこ
1936年東京生まれ。映画字幕翻訳者。津田塾大卒。字幕を志すが道は厳しく、1970年の野生の少年』などを経て、1980年の『地獄の黙示録』でブレイク。以来、『E.T.』『タイタニック』『ミッション・インポッシブル』など約1500本の作品を手がける。その間、来日映画人の通訳も務めている。

子どもの頃。出逢った映画の英語と日本語

倉本　とっても変な質問なンですけど、そもそも外人が喋る「外国語」というのがある、……その存在を知ったときの記憶ってあります？

戸田　えっと、1936年の生まれなので、戦争がすぐ始まっちゃいましたでしょ。それでもちろん戦争中は、外国映画なんか見られるわけなくて。

倉本　えゝ、えゝ。

戸田　戦後は解禁になりましたよね。あのときに私は、ほとんど映画そのものも初めて観たし。そこで、外国語も初めて聞いたということですね。もちろんひと言もわかりませんけど。それまでは、もう日本語だけでしたから。

倉本　僕は、戦争が始まって、外国と戦争するっていうときに、外国人と戦場でぶつかったらね、何て云えばいいンだろうっていうことを考えまして。でね、「やめろ」「待て」「話せばわかる」っていう、この3つの言葉だけ覚えようと思って。

長峰　覚えたんですか？

倉本　「やめろ」と「待て」はわかったけど「話せばわかる」ってのがよくわかンなかった（笑）。

戸田　だって、小学校のまだ3年とか4年とかですよね。

倉本　え、。

戸田　やっぱり男の子は戦場に行くこと考えるんだ。私たち女の子はそこまで考えてなかったですね。

倉本　考えてましたね。でも、攻撃的な言葉じゃなくて、「やめろ」「待て」「話せばわかる」だから情けないンだけど。

長峰　いいですよ、平和的で（笑）。

倉本　初めて外人に会ったのはいつですか？

戸田　疎開先で終戦になったんですけど、GI（米軍兵士）が来たじゃないですか、田舎町にも。われわれ鬼畜米英で教わってるから、見つかったら殺される！って、恐怖心を抱いてるわけですよ、そしたら、街の向こうからね、3人くらいGIがね、歩いて来たのね。で、私たちみんな逃げました。

倉本　あぁー。

戸田　来たー！　ってんで、物陰に隠れたりしてたら……全然、ひょうきんな連中で（笑）。大きくて、紅い顔してね。……なんか、もう紅い顔がすごく印象的。

倉本　そうなンですね。白人って云うけど赤いンですよ。

戸田　そう、赤鬼みたいな感じで怖かった。初体験はその瞬間でしたね。

倉本　ああそうですか。

戸田　私、それで印象的なのは、最初は怖くて、ホント蜘蛛の子散らすように逃げたみんなが。……あっという間に数日後に、男の子たちがね、もう「ギブミーチョコレート」ですよ。

倉本　（苦笑）。

戸田　ね、その変わり身の早さ。私、女の子だからそんなことしなかったけど、男の子たちは、そういう英語を2、3日で覚えてね、チョコレートもらって来るんですよ。それでホントにびっくりして、日本人のあのときの変身ぶり、子ども

にまで行きわたってましたね。

倉本　行きわたりましたね。いや、すみません、みんなお腹すいてたもンで。

戸田　そりゃそうだけどね。でもホントに大人まで変わっちゃったから。子ども心にも不思議な体験でした。

倉本　大人たちの変わり身が、ホント早かったですね。

戸田　それで、また東京に疎開から戻って参りまして、それで外国映画が解禁になって、で、あの頃はホントに映画しか娯楽がなかったでしょ？

倉本　ええ、そうですね。その、初めての外国映画は何でした？

戸田　記憶にあるのは、チャップリンの『黄金狂時代』（米1925年）の、あとでチャップリン自身がナレーションを付けているトーキー版（1942年）です。

倉本　チャップリンのほかには？

戸田　『オーケストラの少女』（米1937年）とか。

倉本　あ、僕もその辺りが洋画の最初ですね。

戸田　みんな映画館に押しかけたじゃないですか。うちも家族みんなで、もうぎゅうぎゅう詰めの汚い映画館でしたけど、もう首をこんなに伸ばして映画を観て、それですっかりはまっちゃったんです、子どもながらに。

倉本　ホントそうでしたね。

戸田　で、もう映画が大好きになって。そしたら、中学校でＡＢＣが始まりましたじゃないですか。アルファベットはそこで初めて見たのね。

倉本　「ジャック＆ベティ」（英語教材１９４８年〜）ですか？

戸田　えーとね、いや、〝This is a book.〟か何かでした。

倉本　あ、〝This is a book.〟ね。

戸田　それで映画が好きだったから、あの人たちが映画で喋ってる言葉を知りたいって。そういうモチベーションがありましたので、英語を一生懸命、勉強しました。

倉本　ああそうですか。あの、ＦＥＮ（米軍極東放送）なんかは聴かれました？

戸田　あんなの、わかりっこないじゃないですか。あんな早いの、今でも聴き取れないと思うけれど、でも私、歌が好きだったので、あのころペリーコモだとかプレスリーなんかの、ヒットパレードなんてやってましたでしょ？　私、ああした英語の歌を歌いたかったんで、ラジオにかじりついて、聴き取ってました、歌詞を。

倉本　ほー。

戸田　もちろん聴き取れないわけですよ、もうブランク（隙間）だらけなの。で、次に流れるとまた聴いて、ひとつずつブランクを埋めていきました。でもそれは、英語の勉強というより、ただ歌いたかったんですね。

長峰　でも、そういうところから入っていくんですよね。

倉本　英語には読む、書く、聞く、話すとありますよね。僕ね、日本の文部省のね、戦後の最大の失敗っていうのは、英語教育だったたって気がするンですけどね。

戸田　今も失敗してます。もう1世紀になろうとしてるけど、まだダメじゃない。

倉本　大失敗ですよね。僕なんか浪人時代を含めて12年もの間、英語を勉強したつもりなンだけど、外国行っても全然わからない。

戸田　わからないですよね。絶対わかりっこないです。私だって、中学のＡＢＣに始まって、中・高・一応大学も英語の学校行きましたけど、この間全部活字だけです。

倉本　そうですよね。

戸田　ヒアリングとか会話なんか一度もしたことないですよ。文字を書くだけ。それはそれで、基本がわかるからいいことだったたんですけど。でもいわゆる、耳とか口は死んでましたね。ヒアリングができなかった。

倉本　そうですよね。これはホントに大間違いでしたよね。

戸田　そうですね。

倉本　それに加えて、日本人は、日本語に関してもナイーブさが、欠けてきたンじゃないかっていう気がするンですよ。例えば戦前は「鼻濁音」ってのがありましたよね。「が」と「ンが」の違い。あゝいうものは戦後は教えなくなったですね。

戸田　私たちちゃんと教わりましたよね。（長峰に）知ってる？

長峰　私アナウンサーですから勉強してますけど、学校では教わってないです。

戸田　私、小学校の1年のときに教わりましたよ。あなた「んが」って鼻にかかるのね、「が」とは違うんだっていう、それは非常に厳しく教えられました。今は全然そんなこと教えてませんよ。

倉本　そうですよ、ねえ。僕は、先輩に「加賀」さんがいて、「かが」さんって言うと「違います。ぼくは「かンが」（鼻濁音で）です」って、よく言われましたよ。

戸田　そうですよね。それは日本語の美しいところではあったんだけどね。もうね。

倉本　あいうえおの「い」とわゐうゑをの「ゐ」との違いとか、そういうものが随分なんか雑になっちゃったンですね。

戸田　その話だったらもう私、言いたいことといっぱいございます（笑）。

長峰　英語じゃなくて日本語の話で。

戸田　音の問題のみならず、ひどいでしょ。

倉本　ひどいです。

戸田　瀕死の重傷ですよ、日本語。

長峰　そこまで来てますか。

戸田　ああ来てますよ（きっぱり）。

長峰　それはご自身のお仕事をする中でですか？

戸田　もうお仕事も何も、あれだけ日本は字幕で映画観てたのに、今は全部吹き替えでしょ？　あれは若い子が字が読めないし、読みたくないって。

倉本　そうなンですか。

戸田　だってホントに、ちょっと難しい字使うと、もう読めないから、ルビふってくれとか、平仮名にひらけって、読みにくいんですよ、平仮名なんかひらいたら。でもそういう注文はすごくたくさんあります。

倉本　あ、そうですか。

戸田　ええ。

倉本　僕はもう絶対吹き替えは嫌なンですけど。

戸田　ええ、私も嫌です。でも今の子たちは全然平気よ。聴いてわかる方が楽だから。字なんか読めないし面倒くさい。

倉本　昔は全部字幕だったでしょ。

戸田　全部字幕です、外国映画は。

倉本　僕ね、非常に印象に残ってることがあって、日劇で観たと思うんだけど、映画が始まる前に予告編があって、たぶんニューヨークの街で、向こう向きの外人がいてね。急に振り向いて、「こんにちは、バート・ランカスターです。」って云ったンですよ。みんな一瞬シーンとして、それからドーっと笑ったンですね。これが僕が初めて吹き替えってのを観た最初。

戸田　吹き替えで言ったの？　劇場で？

倉本　バート・ランカスターが、日本語で「こんにちは、バート・ランカスターです。」ってニコッとして云って。何ごとかと場内がシーンとなって、それからおかしくておかしくて大爆笑！

戸田　そうですか。私ももちろんね、外国映画は字幕なんですよ。だからテレビのね、あのテレビ映画って吹き替えだったでしょ、昔は。

長峰　テレビ映画は全部吹き替えでしたね。

戸田　『ローハイド』（1959〜1965年）だのあのへんのね。家ではね、ああいう吹き替えを観てましたけど。でも、嫌だなとは思ってましたね。

長峰　あ、嫌だとお思いになりました？

戸田　やっぱり原語。私、英語に興味あったから、やっぱり原語聞きたいな、と思ってましたね。

字幕映画こと始め

倉本　字幕っていうのはそもそも、1931年の『モロッコ』が日本で字幕が付いたのが初めてなンですって？

戸田　はい、そうですね。まあ他にもあったかもしれないけど、いちばん有名なのは「モロッコ」で。でも、ホントの発端を淀川先生にお聞きしたことがありまして。

倉本　はい。

戸田　外国は全部アテレコ、吹き替えで、よその国の映画を見るんですね。字幕で映画を見る国はないんですよ。

倉本　字幕自体がないンですか？

戸田　もちろん映画祭のような特殊なところでは字幕もありますよ。だからカンヌ映画祭なんかに行けば字幕で上映するけど、カンヌに来る人は皆業界人だから、いわゆる一般的なお客さんが行く劇場では、字幕はないわけですね。

倉本　はあー。

戸田　だから普通の映画館では、昔から全部アテレコで。それで、トーキーが出来て、日本に映画を出すときに、ハリウッドの人たちは、もちろんアテレコでやれって言ったわけですよ。吹き替えでって。

倉本　えゝ。

戸田　それでハリウッドで日本語をしゃべれる二世を集めて吹き替えさせたんですって。でもそれが、全員広島の方だったらしいんですよ（笑）。

倉本　（笑）。

戸田　それで日本で観たら、広島弁でラブシーンをやってたっていうわけ。それでみんな大笑いしてね、こりゃダメだっていうんで、じゃあ字幕にしようって、それで字幕になったって聞きました。

倉本　なるほど（笑）。

戸田　何より世界の中で、日本は識字率は高かったんですよ。だから字幕でも全然いいわけなんです。ほかの国は、やっぱり識字率が高くなきゃだめなんですよ、字幕って。

倉本　あゝ、そうですね。
長峰　文化の裏打ちがないと字幕は使えない。
倉本　じゃあアメリカの人は、『羅生門』（１９５０年）や『七人の侍』（１９５４年）があれだけ観られてても、三船敏郎の声を知らないンですか？
戸田　えーとね、まず『羅生門』を、普通の人がどれぐらい観たかが非常に疑問で（笑）。ああいうのを観るのは、ニューヨークのインテリとか、非常に限られた人たちで。多分、最初の最初、ベニスで賞を獲りましたでしょ、そのときは絶対字幕でやったと思いますから、そのときは三船敏郎の声ですね。
倉本　あ、そうですか。
戸田　そのあとは多分、吹き替えられて英語でペラペラやってると思います。だから、字幕を読めるって人は、向こうじゃかなりのインテリ。……今、それがあやしいから吹き替えになりつつあるわけです、日本では。
倉本　あ、日本もね、なるほどねえ。もう字も読めなくなってきてますか。
戸田　字幕で使う簡単な字すらね。

倉本　……戸田さん、昔、映画館で「採録シナリオ」って売っていたの、覚えてます?

戸田　はい、知ってます。

倉本　僕は、その採録シナリオっていうのを、もう趣味みたいに読んでたンですね。

戸田　あ、そうですか。

倉本　(長峰に)あのねえ、パンフレットみたいになった、シナリオがあるンですよ。

長峰　はい。

倉本　片一方の左ページが英語で。でも、あれは元のシナリオじゃないンですね。ヒアリングして、採録してると思います。

戸田　だって版権があるからそんなに簡単には、オリジナルはもらえないですからね。

倉本　で、右が日本語で。しかも完成した映画から採っているから、でき上がりの姿がわかるンですよ。それで、僕がテレビ作家になったときに、まだテレビの創世記に近かったから、テレビのシナリオの書き方に、

決まりがなかったンですね。

戸田　はぁはぁ。

倉本　で、テレビでどういうシナリオ書いたらいいのかっていうルーチンがなかったンで、僕は採録シナリオを思い出して、採録シナリオにはここで音楽が入るとか、でき上がりの姿をこと細かに書いてるから、これがいいンじゃないかと思って。それを僕は、テレビ脚本のスタイルにしたンですね。

戸田　あーそうですか。あーなるほど。

倉本　だから音楽の指定まで書いて、演出家から嫌がられるンですけどね。その原点が採録シナリオなンですね。

戸田　ああーそっか。

倉本　だからそこがね、僕は戸田さんとのね、分かれ道だなと思って。戸田さんは英語を学びたいから、左のページへ行くでしょ？

戸田　はい。

倉本　僕はシナリオの中身を知りたい、技法を知りたいからで、右のページばっかり。

戸田　あーそうですね、左右に分かれましたね（笑）。でも、実は私は採録シナリオはあんまりね、読んだ覚えはなくて。でもあれ持って、映画館で学生さんが画面とシナリオを見比べながら洋画を観ているのは何度も見ましたけど。私はそのお勉強するのももどかしくて、画面ばっかり見てましたね。

長峰　画面を、ええ。

戸田　手元が暗いから、あまりよく見えなかったし（笑）。

長峰　あぁー。そこでおふたりは分かれたわけですね。

倉本　そこで分かれたンだと思うンですよ。

字幕の妙に唸る『第三の男』

倉本　前に戸田さんが選ばれた10本の映画っていうのを拝見して。『第三の男』（英1949年・日本公開1952年）、『8 1／2』（伊1963年・日本公開1965年）、『ウエストサイド物語』（米1961年）、『ゴッドファーザー』（米

1972年)、『天井桟敷の人々』(仏1945年・日本公開1952年)、『静かなる男』(米1952年・日本公開1953年)、『シェーン』(米1953年)、『わが青春のマリアンヌ』(仏独1955年・日本公開1956年)、『突然炎のごとく』(仏1961年・日本公開1964年)、『家族の肖像』(伊仏1974年・日本公開1978年)。もう、ほとんど僕と同じ。シンクロしてます。

戸田　いいでしょう、みんな。『わが青春のマリアンヌ』なんて覚えてらっしゃいます?

倉本　もちろん覚えてますよ。デュヴィヴィエ(監督)は大大好きですからね。

戸田　今、誰もあれ知らないいんですよ。ロマンチックないい映画なのに……。

倉本　もったいないですよね。僕はその10本にね、『素晴らしき哉、人生!』(米1946年・日本公開1954年)、『ヘッドライト』(仏1955年・日本公開1956年)、『肉体の悪魔』(仏1947年・日本公開1952年)、『荒野の決闘』(米1946年・日本公開1947年)が加わるンですよ。昔はね、いい映画だと僕は十数回は映画館に観に行きましたね。

長峰　繰り返し繰り返し映画館に?

戸田　だってねぇ、ヴィデオもＤＶＤも何もない時代ですから。
倉本　そう、ないから。封切り館だと高いンだけど、２番館、３番館とどんどん安くなるし。それで大森あたりまで行ったね、僕は。
戸田　私も、板橋とかね。もうどこまでも観に行きましたよ（笑）。あの頃は、みんな好きな映画を追っかけてましたね。
倉本　そうですね。
戸田　私がホントに何べんも、東京中駆け回って観たのは、『第三の男』ですね。
倉本　『第三の男』は、僕のベストでもありますね。
戸田　ホント、あれが好きでね。追っかけに追っかけて、何年にもわたってですけど全部で50回くらい見てますね。
倉本　50回！
長峰　うわー。
戸田　そうするとね、もう字幕を覚えちゃうわけです。英語は最初はもちろんわかんないですけど、でもその英語も、何べんも見てるから少しずつわかるわけ。そうするとね、字幕と英語が違うってことがわかるんです。決して直訳じゃないってことがね。

長峰　ええ。

戸田　それで、ああ字幕っておもしろい！って思ったの。それがきっかけなんですね。

倉本　なるほどね。

長峰　そのときだったたんですか。

倉本　「今夜の酒は荒れそうだ」、なんて云うね。

戸田　そうですそうです。そのセリフがね、とっても男っぽくて恰好良くて。でも原文で何て言ってるかと思ったら、全然そんなこと言ってないのね。だから素晴らしい名訳なんですよ。

長峰　元は何なんですか？

戸田　ハリー・ライム（オーソン・ウエルズ）っていう闇屋が死んで、友人のジョセフ・コットンが真相を追い始めると、ナイトクラブで水割りを飲んでいる闇屋のルーマニア人が苦々しそうに、〝I shouldn't drink it. It makes me acid.〟って言うんですね。直訳だと、「私はこの酒を飲んじゃいけない」「これは私をacidにする」って。acidって酸性で、体を酸性にするって意味と、非常に機嫌悪くさせるっていう両方掛かった掛け言葉なんですね。

長峰　はーー。

戸田　ね、それを「今夜の酒は荒れそうだ」って、もう素晴らしい名訳でしょ？

倉本　どなたがやったンです？

戸田　秘田余四郎《ひめだ》さんって、お酒飲みの方（笑）。

倉本　ほー（笑）。

戸田　そういう言葉が上手な方（笑）。私なら「酒が荒れる」なんて表現は出ません。

倉本　ホントうまいですねえ。

戸田　うまいですよ。ホントそれ見て、字幕っていうのは、そのエッセンスをね、うまーく日本語にするんだって。直訳じゃないっていうそのおもしろみがわかったのは、それだったんですね。

倉本　なるほど。……『カサブランカ』（米1942年）の「君の瞳に乾杯」って、あれも違うンでしょ？

戸田　あれも違います。あれもね、とってもつまんないっていうか、〝Here's looking at you, kid.〟っていう原文で、直訳すると「君を見ながら」。

倉本　はあはあ。

戸田　どこにも「乾杯」もないし、「君の瞳」もないの、原文は。ただ「君を見ながら」って言ってるだけ。

長峰　乾杯もないんですか？

戸田　ないですないです。それに〝Here's looking at you, kid.〟このkidがね、くせもの。kidって「子ども」っていう意味で、ハンフリー・ボガードにすればイングリット・バーグマンは年下の女だから、愛情込めて「お嬢ちゃん」みたいな感じで言ってるわけね。

倉本　あぁー。

戸田　でも日本語の「お嬢ちゃん」には、少なくとも愛情込めた感じはないでしょう。

長峰　ちょっと、からかう感じになりますね。

戸田　だから字数も限りがあるし、それで「君の瞳に乾杯」って言うとね、彼の気持ちがものすごくよく表れるわけ。それでやっぱり字幕の名訳中の名訳なんだと思います。

長峰　ロマンチックですよね。

倉本　いやー、ホントすごいですね。

字幕の大先輩　清水俊二

倉本　字幕翻訳家の清水俊二さんにしつこく迫ったとお聞きしたンですけど（笑）？

戸田　（笑）私あんまりね、しつこいタイプじゃないので、遠くからアプローチしたんですけど……大学卒業する頃に、とにかく映画が好きで、ボーナスで英語を勉強したわけですね。だからこのふたつが生かせる仕事をと思ったんですね。

倉本　えゝ。

戸田　映画が好きなら宣伝部に行ってもいいし、評論家って道とか他にあったわけね。

倉本　でも私は英語が引っ掛かってるから、どうしても「字幕」をやりたかったわけです。

戸田　あゝー。

倉本　でも、字幕って10人もいれば十分っていう世界だから、全っ然チャンスがないわけですよ。それで、うろちょろうろちょろ。

戸田　その清水俊二さんていう方は、もともとどういう方だったンですか？

倉本　清水さんは一高東大で、きちんと英語の勉強してらっしゃる方で、映画会社のパラマウントに勤めてたんですよ。そこで、英語ができるからおまえ字幕やれっていうんで。字幕って、昔は映画会社の社内作業だったんですね。自分のところで配給する映画を、自前でやってたんです。

戸田　なるほど。

倉本　先輩たちはみんなそういう経歴で、映画会社に行ったら語学ができるから字幕をやらされたっていう。みんなそういうスタートなんですね。

戸田　あゝそうですか。

倉本　私はそうでなくて、最初から字幕をやりたいという。ちょっと違うんですけども。

倉本　なるほど。それで清水さんのところに何年もこう、しつこく手紙を書いたンでしょ（笑）？

戸田　あの、あのね（苦笑）……まあ、そうなんですけど。大学卒業して、字幕の仕事がしたいと思ったけど、今みたいにネットなんかないから調べようがないんですよ。それで、いっつも出てくる「清水俊二」さんが、やっぱりいちばん知ってるだろうと思ってね。で、当時は電話帳に住所も書いてあるわけですよ。それでお手紙出して、「やりたいけど」って言って。そしたらとてもご親切な方で、会ってはくれましたけど、「無理だからやめなさい」って。

長峰　あらららら。

戸田　でも私はどうしてもやりたくて、それでもそんなしつこくはやりませんよ。年に一度、年賀状お出ししたぐらいです。

倉本　でもそれを20年やったンでしょ？

戸田　10年です、10年。

倉本　（笑）10年。

戸田　年賀状ぐらいいいじゃないですか（笑）。
長峰　1年に1回ですものねぇ。そうですよね、途切れないようにねぇ。
戸田　まあ、「まだやりたいです」ぐらいの、ちょっとひと言書いたりして。
倉本　（笑）10年続けたのは、やっぱりすごいなあ。
戸田　それで、やっと清水さんからお仕事を紹介していただいたって具合でした。それで、最初は手紙の翻訳とか、来日した映画人の通訳とかからでしたけど、でもまあ、いろいろ動き出したわけですね。
長峰　関係をつないでおいたおかげですよね。
戸田　そうですね。細々とした糸を1本をつないでおいたおかげで。
倉本　（笑）。

銀幕に「字幕　戸田奈津子」

長峰　それで、1969年のフランソワ・トリュフォー監督の『野性の少年』で、清水さんの指導のもと、戸田さんが初めて、字幕翻訳を手がけたんですね。

戸田　トリュフォーのオオカミ少年の話で。

倉本　フランス映画ですよね。フランス語から翻訳されたンですか？

戸田　いや、その英語版からです。それでもうひとつ同じ頃に、クロード・ブリアリっていう俳優が監督をやった、『小さな約束』（仏１９７３年）っていう作品があるんですけど、ご存じですか？

倉本　はい、知ってます。

戸田　あれの字幕、私だったんですね。あの、おばあちゃんと子ども、孫たちの話。そっちはフランス語からだったんですけど、まぁ、その頃は急げなんて言われませんから辞書を引き引き、フランス語からやりました。

倉本　へえ。

戸田　一応、第二外国語がフランス語だったので、ホント辞書を引き引きね。まぁ、子どもの話だったし。

倉本　子どものでも、フランス語はフランス語じゃない（笑）。

戸田　（笑）だから辞書を引きました、たくさん。

倉本　僕は今回、戸田さんと話すンで、戸田さんがやられた、昔の映画をいろいろ見直したンですが、もちろん戸田さんの字幕も巧いんですけど、映画自体のおもしろさが違うって感じたンですよ。中でも、『ジョーイ』（米１９７７年）ってのがね、バカに好きでした。

戸田　ああそうですか？　覚えてる方なんて、もうめったにいらっしゃらないと思いますけど。アメフトの。

倉本　ああいう素直で、何ていうか……ストレートでね。ああいう映画が、なんか少なくなりましたねえ。

戸田　いや、もうわれわれがホントに親しんだああいう映画はですね、もう21世紀のこのかたなくなっちゃったんですよ。はっきり言って。

倉本　そうですね。

戸田　ＣＧとかの……そのせいとは言いませんけど、ええ。

倉本　えゝ。あそこへ僕はやっぱり映画って、戻るべきじゃないかって気がしますね。

戸田　私らノスタルジーかもしれないけど、でもやっぱり昔の映画の方が、詩情があったし、余韻があったし、良かったと思います。

倉本　いいですねえ、えゝ。

コッポラと『地獄の黙示録』

倉本　『ゴッドファーザー』のコッポラ（フランシス・フォード・コッポラ監督）の『地獄の黙示録』（米1979年・日本公開1980年）が、戸田さんの、ひとつのターニングポイントになったそうですが。

戸田　はい、いちばんのブレイクに……はい、そうです。

倉本　これはコッポラに、まず通訳に付かれたとか？

戸田　そうなんです。あのね、字幕の仕事の前に、いろんな映画人の通訳をやらされたんですけど、そのうちのひとりが、コッポラだったたんですね。

倉本　えゝ。

戸田　彼はちょうど『黙示録』を撮っていたときで、あれは大変な映画でね、撮るのに何年もかかって……コッポラは何度もフィリピンに行きまして。
長峰　撮影場所はフィリピンだったんですか？
戸田　だって戦争してるから、ベトナムでは撮れませんから。それで、フィリピンのジャングルで撮っていて、しょっちゅうアメリカとフィリピンを往復してるわけですよ。
長峰　はい。
戸田　で、必ず日本に寄るわけ、真ん中だから。コッポラはとってもおもしろい人で、日本食は好きだし、とにかくハイテクがすごく強くてね。NHKのハイビジョンのまだ初期の実験してる工場に行って、アレが見たいコレが見たいとやってね。
倉本　えゝ。
戸田　そういうのにくっついて。通訳兼ガイドみたいにしまして。それでまあ、とて

もかわいがっていただいて。もちろん撮影は全部じゃありませんよ。一部だけでしたけど、それで、サンフランシスコでラッシュ（現像）が上がったときに見に行ったりとかさせていただいて、実はアメリカに行くのはそのときが初めてだったんですが。ホントいい体験をいっぱいさせていただきました。

倉本　うらやましいことですねー。

長峰　ねー。コッポラ監督と。

戸田　ホントにね。今思うと『黙示録』って、人間が作った20世紀最後のスペクタクルですね。あれからあとは全部ＣＧになっちゃったんで。

倉本　ＣＧですねぇー。

戸田　本物ですからね。あれ全部。

長峰　本当に燃やしてるんですよね？

戸田　ジャングルがバーって燃え上がるのも、ガソリンまいて本当にやったんですから。今はエコだからダメですよ、あんなことできませんよ（笑）。

倉本　（笑）無茶苦茶しましたよねー、あれ。

戸田　ヘリコプターの編隊を飛ばしたり、でもやっぱりすごい迫力ありますでしょ？　それを現地で見たりして、ホント得難い経験をいたしました。

倉本　おゝー。

戸田　それで、私が道すがら「字幕をしたい」なんてポロっと言ったので、あとでコッポラ監督が「字幕は彼女が現場をいろいろ見てるから」って、ひとこと言ってくれて。それが鶴のひと声で、あの大作が、まだ新人の私に来たと。

倉本　へえー。

長峰　はあー……出会いですね……

戸田　それから字幕の仕事がどんどん来まして、多いときには、月４本ぐらいやってましたね。

長峰　映画を１週間に１本ですか！

戸田　ええ。

字幕スーパーの文体・文法

倉本　昔の洋画には、手書きの字幕が焼かれてましたね。

戸田　昔は全部手書きだったんですよね。「書き屋さん」がいて。

倉本　今でもいらっしゃるンですか？

戸田　かなり前に、いわゆる写植というか、作られた字になっちゃって。コンピューターで字入れになっちゃったんで、一夜にしてあの職人さんたちは失職しました。

倉本　あゝ、かわいそうに……。

戸田　あの独特の字がね、とても良かったんですけどね。

倉本　良かったですよねぇー。

長峰　親しみのわくようなやさしい字でしたよね。

戸田　ええ、だからあの人たちが書いた字はね、一応コンピューターの中にフォント(書体)として、保存はされてます。

倉本　はあー。そうですか。

戸田　だからそれは取り出せば、字幕になるんですけど、昔は手作業だったから、1字押し込んでってお願いすると、人間は押し込んでくれるけど、機械は押し込んでくれないですよ（笑）。

倉本　あ、、そっかぁ。

戸田　ホント融通が利かないの（笑）。

倉本　1字……1秒間にあれは何文字なンですか？

戸田　えーと、普通の方ほとんど画面を見てるわけですね。98％画面の動きを見てるわけで、字幕は2％のおまけで見ないといけないんですね。だからあんまり負担をかけちゃいけないんです。

倉本　え、。

戸田　だから画面を見ながらちょっと見て認識できる、その制限はまあ、1秒間に3文字か4文字ということになっています。

倉本　それで、そのそもそもの字幕をつける作業の話をお聞きしたいンですが。

戸田　はい。

倉本　字幕を原稿にされるときには、シナリオを読むンですか、それとも耳から聞くンですか？

戸田　もちろん台本がありますね。非常にきっちりした台本、ホントにもう「ああ」「うう」まで書かれた最終稿の台本が来ます。

倉本　そうですか。でもアメリカ映画って、撮りながらこう……いろんなセリフがどんどん付け加わったりしますでしょう？

戸田　もちろんね。だから日本でもそうだと思いますけど、それで「シューティングスクリプト」ってのがあるんです。映画ができたあとに完全にヒアリング、聞き取って書き出したセリフだけのものがあるんですね。

長峰　ああー、最終段階の。

戸田　ト書きとかは書いてないんですけど、私たちは音さえわかればいいわけですから。それを見ながら作業をします。この前やった『ダイアナ』（英2013年）っていう新しい映画なんだけど、これを参考に説明しますと――。

●映画の頭からセリフに全部番号を振る。
●作品を見ながら、セリフごとに、斜めの線、スラッシュ（／）で区切る。
●長いセリフなら息を切ったところで「／」。喋る人が変わったら「／」。ここで切れますという目安の切れ目をつける。
●工場でセリフのリストを作ってくれる。（例）セリフ番号６１４のセリフは、３１６フィートの14コマ目から始まって、３１９フィートの12コマ目で終わる。そこから、セリフ６１４は、２フィート14コマあるという長さが出てくる。
●2フィート14コマは大体４秒。１秒で３文字だから、３×４＝12文字になる。従ってセリフ６１４は、12文字で訳せば、ちゃんと読める計算になる。

戸田　だから、セリフが何秒で言われているかで、何字にするかってことは割り出されるわけね。だからどんなに長くても、その字数にはめ込まなきゃいけないんですね。

倉本　なるほど。

戸田　例えば、この夜中に電話をかけるシーンでは、「Sonia, it's me……I'm sorry. I

know It's three-thirty in the morning but could you talk?」っていうセリフを、全部直訳しますと、「ソニア、私よ。……ごめんなさい。夜中の3時半ということは分かっているけれど……話を聞いてくれる？」って。こういう長いセリフになるわけです。

倉本　はい。

戸田　それを字幕では、「ソニア　私よ」で1枚。「(1行目)わかってる　(2行目)夜中の3時半だけど――」で1枚。「会える？」で1枚っていう風になるわけね。意訳して、読める時間内で字幕を出すんですよ。

倉本　なるほどねー。セリフっていうのは、やっぱり直訳はダメだと思いますよ。意訳しないとね。

戸田　そうですね、たとえ字数の制限がなくてもね。だからさっきの「君の瞳に乾杯」とかね。ああいうのは別に、原文に忠実じゃないけど、お芝居として生きてるわけですよね。その方が重要でしょ？

倉本　そうです。え丶。

戸田　しかもこれ、字数を縮めるという制約がありますので。そこがいちばん難しいし、そこがいちばんおもしろいところですね(笑)。

倉本　おもしろいところ。そうですねー！　省略って云うのは、文章にとってはすごい大事なンだよね。

長峰　……どういうことですか？

倉本　僕ね、いちばん勉強になった仕事があってね、朝日新聞で「日記から」っていうコラムがあったンですよ。その字数の制限がね、600字で。

戸田　ああ、はい。

倉本　毎日書かなくちゃいけないンです、2週間。それで書き出すと、どうしても1000字くらいになっちゃうの。

長峰　多くなっちゃう。

倉本　僕らは習慣で起承転結が付けたくなるもンだから、どうしても多くなっちゃうンですよ。でもね、600字なんだからしょうがないってカットしていくンだけど、まず形容詞からカットして、それから副詞とか余計なものを削っていくとね、文章がどんどん良くなるンですよ。これはホントに勉強なりましたね。

長峰　そうですか。

倉本　だからやっぱり省略っていうのは、必要なンですね。

戸田　ホント、削りに削らないと字数に入らないですからね。ほとんど接続詞っての は、いらないですね。

倉本　あ、接続詞ね。いらないいらない。

戸田　人称もね、切れるものってたくさんありますよね。「僕たちは」って人称がなくたって、もう主語と形容詞だけで全部わかっちゃう。

倉本　そうですね。

長峰　でもオリジナルをお書きになった人の立場になったら、「え、変えた!?」っていうことで、お怒りになる方もいるんじゃないですか?

戸田　そうなんですよ。向こうのシナリオライターの方が、精魂込めて書いたものを、バッサバッサと切るわけですよ。もしご覧なったら、さぞかし嫌な気持ちになさると思うんですけども、でもそうしないと読みきれないわけね。

倉本　そうですよね。えゝ。
戸田　それは涙を飲んでね。……でもわかんない方が、ときどきそういうことで言ってきますけど。
倉本　わかんない方はそれでいいンじゃないですか？『地獄の黙示録』のときも何か批判されたって。
長峰　立花隆さんが。
倉本　それで、清水俊二さんが、弁護したって有名な話がありますけれども（笑）。
戸田　はい、はい（笑）。
倉本　僕はそれは立花さんが間違ってると思いますよ。わからないンですよ、セリフというものが。
戸田　そう。やっぱり、こうしたルールに沿ってるってことをわかっていただかないと。
倉本　えゝ、そうですね。僕は絶対に字幕の世界では、意訳にすべきだと思います。これはね、日本の戯曲がね、伝統的に文語体で翻訳するンですね。
戸田　はい、はい。

倉本　つまり口語体、話し言葉じゃないンですよ。それを役者がね、口語体のように云うでしょ。そこですごい無理が出ちゃうンですよ。で、僕はね、シェークスピアを翻訳した福田恆存《つねあり》を初めとして、それはマズイって云ってるンですよね。

戸田　うん、うん。

倉本　ここにはね、やっぱり戸田さんのような、セリフを口語にできる人がね、つまりセリフ作家がね、翻訳家の次についてるべきだって、僕は主張してるンですけどね。

戸田　そうですね、どうしても翻訳の劇は、なんか不自然ですよね。

倉本　不自然ですね。

戸田　翻訳調の日本語ってね、どうしても。

倉本　無理ですよ。文語体の言葉を、リアルな芝居の中でやれなんて云ったって。シェイクスピアの坪内逍遥の翻訳なんて、「為すべきことか為すまいか、それが

思案のしどころじゃ」(「ハムレット」)なンてすごいセリフですからねー(笑)。

倉本　(笑)確かに文字では素晴らしい翻訳だけど、しゃべるとやっぱりダメですね。

戸田　だから向こうの芝居を、こういう風に一度、口語体のシナリオにして、それで演じたら全然違うだろうと思いますよ。

倉本　それであとは俳優さんが適当にこう、やわらかくするなり何なりとね。

戸田　シェイクスピアとか、一度やってみられたらどうなンですか?

倉本　(笑)まあ私はできませんけども、まあテストとしてやってもいいかもしれませんね。

戸田　いや、そうですよ。もっとドラマのおもしろみが伝わりますから。

インナーボイスが聴こえてくる役者

倉本　外国の俳優と日本の俳優で、僕、根本的に違うのは、インナーボイス(心の声)ってわれわれ云いますけど、インナーボイスを演じることがうまいですよね。

戸田　「間《ま》」ですね、間。

倉本　間のところでね。いちばんそれがうまいと思うのは、アンソニー・ホプキンス。それからジャック・ニコルソン。ロバート・デニーロ。メリル・ストリープ。間のあいだ黙っている表情で、この人今何考えてるかっていうのが、読めるンですよ！

戸田　すごいですよね。間っていうのはとても重要ですよね。

倉本　ものすごく重要ですね。それができるのがホントの名優だと思います。

戸田　そうですね。メリル・ストリープとしゃべっていてね、あの人はホントに何をやらせても憎たらしいくらいうまいじゃないですか（笑）。それで、いろんな役をあれだけパーフェクトにやるには、一体どうやってその役を引き出すのかって聞いたんですよ、彼女に。俳優って、役と自分と共通の部分を見つけたり、自分の過去を振り返るって聞いていたんですけど、彼女はどんな役でも完璧に演じ切りますからね。

倉本　うンうン。

戸田　そしたらね、彼女はこう言ったんですよ。人間はみんなね、人類何千年の先祖からのＤＮＡが自分の中にあるって言うんですよ。そこを引っ張り出すって言うのね。

倉本　おゝー!!

戸田　そういう風に言ったもんでね、私びっくりしちゃってね、それでやっぱりこの方は天才だと思って（笑）。

倉本　はあー、それはすごいですね。

長峰　スケールが違いますね。

戸田　もう、さらっと言いましたよ、当たり前みたいな顔をして。自分の中のどっかに人類のＤＮＡがあるって。そこから、いわゆるルーツを探してくるんだって。

倉本　へえー。すごいなぁそれは！

長峰　何かもう、セリフみたいですね。

戸田　で、ロバート・デニーロって不思議な人でね。いろんな役をあれだけうまくや

るのにね、ご本人は白いキャンバスみたいな人でね、自分の表現ができないの。役をもらうとすごい表現するけど、自分自身のことを聞くとね、「えー」とか「うー」とか言っちゃってね、話が下手なんですよ、あの人。

倉本　ほおー。

戸田　役をもらうとものすっごい変化して、あらゆることを演技で表現できるって、あれもひとつの才能なんでしょうかね。

倉本　いや、それは僕はいちばんいい役者だと思いますよ。つまり、日本の役者は全部、Aというスターは、何やってもAじゃないですか。

戸田　Aですね。

倉本　だけど、ホントはそうじゃない。そのAという役者に、イという役、ロという役、ハという役が来たら、きちんとイ、ロ、ハになるという、そっちの方がいい役者だと僕は思います。

長峰　ロバート・デニーロはそういう役者ですね。

戸田　ホント、デニーロ自身は、色のない白いキャンバス。役をもらうとそこに自分でキャラクターの色を付けるみたいな、そういう人なのね。その辺は、ダスティン・ホフマンとはまったく対照的なの。

倉本　あゝ、そうですか。

戸田　ダスティン・ホフマンはもう、根っからの役者。すぐ演技を始めちゃうんですよ、何を話してても（笑）。

倉本・長峰　（笑）。

戸田　『レインマン』（米1988年・日本公開1989年）で自閉症のレイモンドやったでしょ、それから『トッツィー』（米1982年・日本公開1983年）で女役をやったでしょ。

長峰　女装してね。

戸田　彼と話していたら、彼がトッツィーとレイモンドと、ひとりで演じ分けたの（笑）。

倉本　（笑）。

長峰　何て贅沢なんでしょう。

戸田　素晴らしいでしょう。見てるのが2～3人で、ホントにもったいない！　と思いましたけど。レイモンドとトッツィーが、ホントにふたりいるように見えるのよ。

長峰　豹変する？

戸田　そう。両方の役をやるわけ。で、彼に一《いち》言うと十《とう》答えるって、デニーロとはまったく違うのね。

倉本　あ、ー。

戸田　もうカラフルな人なんですよ。だから同じ名優でもね、個性はそれぐらい違いますね。まったく違うのね、性格が。

倉本　そうでしょうねえ。

戸田　ホントにおもしろいですよ。

長峰　トム・クルーズさんと仲が良いとか。

戸田　トムは親日家で、日本によく来てて、よくテレビでサービス精神いっぱいの彼が見られるんだけど、ホントあのまんまでね。テレビの前だけで愛想良くやってるなんてとんでもない。24時間あれなんですよ、あの人(笑)。

倉本　あ、そうなンですか。

戸田　あんまりエネルギッシュなので。一日付き合うとこっちが疲れるぐらい。前向きで、ひたむきで。起きてる間中、あのハイテンションですからね。

長峰　ずっとですか？

戸田　（うなずいて）すごいよー、トムのバイタリティは。それで努力家。ホントに努力家です。

倉本　ほー。

戸田　何より映画が大好き。映画づくりがね。だからプロデュースもしてますし、もうホントにものすごい情熱家（笑）。

倉本　トムさんからお歳暮が来るそうですね。

戸田　（笑）そう、とてもいい人なのよ。

倉本　「お歳暮」って来るンですか？「お歳暮」って熨斗《のし》付けて？

戸田　もちろん自分じゃなくてデパートが書くんですけど。それが1回で、あとはクリスマスカードや誕生日カードやプレゼントが毎年。すっごい気遣いのある人で。

長峰　誕生日が同じ7月3日だそうで。

戸田　まあ弟みたいなもんかな。私は弟はいないけど、ああいう弟がいたらいいでしょうね。面倒見はいいし、やさしいし、もちろん猛烈に稼いでくれるし（笑）。すばらしい弟だと思います。

字幕の苦労話いろいろ

倉本　例えば、英語で「you」っていうのは、日本語だと、「君」「お前」「あんた」「あなた」「おたく」「貴様」みたいにいっぱいいこう……。

戸田　男でも女でも、男言葉、女言葉話すでしょう？

倉本　えゝ、ありますよね。

戸田　それでもなんだって「you」ですから。「I」と「you」しかないんだから。

倉本　そうなンですよねー。これはどうするンですか？

戸田　そうですね、だから人称はとても重要で。それはやっぱり映画を観て、その俳優の役の顔を見ないと、「僕」にするか「俺」にするか「私」にするかわからないわけですね。シナリオの文字面だけじゃ絶対わからないですね。だから必ず映画を観て。

倉本　はいはい。

戸田　ですから、1本の映画をふたりの翻訳者ではできないんです。ひとりでやらないと。こっちが「僕」で、別の人が「俺」にしたら、全然キャラクターが崩れますでしょう?　だから字幕は分業ができない、ひとりでやんないとダメなんです。

長峰　そうですよねー。ドン・コルレオーネが「わたくし」なんて言ったら、ちょっと変ですよねー。

倉本　(笑)とてもとても。

戸田　それと、ご存じのように、ヨーロッパや英語は、汚い言葉が山ほどあるわけですよ。あの「S」とか「F」で始まる言葉ね。あれは日本語にないんですよ。

倉本　ないですね。

戸田　向こうはとにかくケンカする社会で……ののしり合って、いろんな民族が生きてるから、ののしる言葉が山ほどあるわけね。それで日本って、とても「和」を重んじる民族で、ケンカすることは良くないというか(笑)。

倉本　そうですねー。

戸田　せいぜい「ばかやろ」「こんちくしょう」くらいでしょう。でも、あっちの言葉の、ののしり言葉のひどさというか、その発想のすごさってのは、日本人にはない。

長峰　ない発想ですよね。

戸田　ね。だからケンカの言葉も、向こうの通りに訳したらあまりにもひどくて、日本人にはわからないですね、何のこと言ってるのか。やっぱり「ばかやろ」って言ったほうが、ケンカっぽく思えるわけ。だから、そういう風にね。

倉本　意訳なンですね。

戸田　汚い言葉は、英語はリッチ、豊富なのね。汚い言葉は、日本の方がプアー、貧しいけど、その代わり反対に、日本は自然を表現する言葉とかがものすごくリッチ。例えば雨のいい方なんて、すごいでしょう?

倉本　あゝ、すごいですよねー！

戸田　いわゆる詩歌の心の、色とかね、日本語はすごいんですよ。だから言語によって、リッチな部分とプアーな部分がホントに違うわけね。

倉本　なるほどねえー。

戸田　だから、翻訳じゃイコールにならないわけですね。そこが、やっぱり難しいところですよね。橋が掛からない部分がたくさんありますよ。

倉本　日本語の、いわゆる「流行語」っていうのを、取り入れることってあります？

戸田　映画によりますね。元々日本は小さい国ですから、今日、東京のテレビで誰かが何か言ったら、翌日は全国津々浦々まで……。でもアメリカはあんなに広い国で、階層がいろいろ分かれてますから、誰かひとり何か言ったぐらいじゃなかなか伝わらないわけですよ。

倉本　あゝー。

戸田　だからアメリカは、日本みたいに流行がぱっと現れて、ぱっと消えるってことはありません。

倉本　あ、そうですか。

戸田　時々生まれますけど、それはある程度、定着しますね。アメリカの場合は、新しい流行ができたら、それなりに定着する方が多いみたい。

倉本　そうですか。アメリカの方がもっと使い捨てかと思った。

戸田　いえいえ。じわじわじわじわ染み込んでいきますね。日本みたく、あっという間に流行《はや》って、あっという間に消えちゃうってことはないですね。

倉本　あと難しいだろうなと思うのは、例えばジョーク。これは?

戸田　ジャンル的にいちばん難しいのは、セリフのコメディです。理屈っぽいものもそれなりに訳せるんですけど、ジョークは、もう何ていうの、シェア(共有)する場がないですよね。……泣くのはね、泣かせるのは簡単といったら失礼なんですけど。

倉本　そうです、そうです。

戸田　泣かせるのは、世界共通で、人が死ねば泣きます。恋人が死ねば号泣します。頑張って一等賞取ればね、感激の涙を流します。

長峰　うれし泣きですね。

戸田　そういうのは全部わかるわけね、国境を越えて。でも笑いは絶対違うわけ。

倉本　全然違います。

戸田　駄洒落は言語あっての笑いでしょう。その土台をシェアしてないから、言葉だけ言われてもわかるわけがない。

倉本　そうですよねえ。

戸田　だからね、ホントにコメディは、もう、悪いけど無理ですね。

倉本　無理でしょうね。「コマネチ」（のポーズを実演）ってやったってわかンないですもンね（笑）。

長峰　ク・ラ・モ・トさん!!!

戸田　（笑）日本人でも、ある世代の人にしかわからない。だからそこの知識を共有していれば「コマネチ」でわかるけど、（長峰に）今の子はわかんないわけでしょ？

長峰　若い子には、もう通じませんね。

戸田　そういうものが入ってくると、ホントに字幕じゃとても対処できないです。

そしてシナリオ

倉本　それで、映画のシナリオの良し悪しってのがあるでしょう？　悪いシナリオが（笑）、悪いシナリオがって云い方も変だけど。

戸田　ええ、できの悪いのね。

倉本　来ちゃった場合に、……字幕でね、良くしてやろうなンて気は起こしませんか？

戸田　いや、あのね、「どんな映画が難しいですか」っていう質問の、本当のいちばんはね、B級C級なんですよ。つまり、台本が良くできてない、穴だらけ。辻褄が合ってない台本は、いっくら字幕で頑張っても、画《え》が出てちゃったらもうカバーしようがないわけね。

倉本　うーン。

戸田　例えば、できの悪い映画って、キャラクターが途中でどっか行っちゃうわけですよ。で、「あの人どこ行っちゃったの？」って、（長峰に）ありますでしょ？　だって途中で消えちゃうだもん（笑）。

長峰　あれはどうなったんだろうって。

戸田　で、消えちゃったら最後で、いくらセリフで頑張ったって、消えたものは消えたもので、復活させられないじゃないですか（笑）。

倉本　（笑）。

戸田　やっぱりやりにくいのは、そういう穴のある、できの悪いシナリオですね。内容がたとえどんなに哲学的で難しかろうと、ちゃんと意味が通ってれば、それはきちっと伝えられるわけ。

倉本　なるほどねえ。

戸田　だからシナリオって、ホント大事だと思いますね、私。先生のシナリオもそうですけど、ホントに向こうのいい映画のシナリオは、もう磨きに磨き抜かれてるのね。

倉本　えゝ。

戸田　もうね、一語として無駄なセリフがないわけ。すべてに存在価値があって、存在に意義があって、そこに「ある」わけなので、ひと言も切れないくらい磨かれてる。

倉本　えゝえゝ。

戸田　もうダイヤモンドみたいなもんですよ、いいシナリオっていうのは。そういうのはやりやすいというか、気持ちいいですね。ホント、映画はシナリオですよ。

倉本　そうですね。

戸田　向こうの俳優さんたちが、もうイロハを言うごとく口にするのは、「いいシナリオを悪い監督がめちゃくちゃにすることはできる。でも、悪いシナリオを良くすることは絶対できない」（笑）。

倉本　（笑）日本でも、そっくり同じ言葉があります。

戸田　ダメにすることはできるけど、悪いシナリオからいい映画は生まれないって、世界中で言われてますね、これは。

字幕人生の原点

長峰　字幕翻訳者として30年以上もの間、第一線で活躍をし続けて、これまでに手掛けた映画字幕が１５００本！

倉本　ホント、すごいですよね。

戸田　私はもう、たくさんやりましたから。今さら欲張らないで、無理もせずに、まあ少し余裕を持ってやりたいと思っています。余裕を持って、楽しみたいです。

倉本　振り返ってみて、戸田さんをこういう職業にね、導いた原点というか、……最初の頃の動機の、その大本にあるものは何だって思われますか？

戸田　……私は本が好きで、いわゆるフィクションの世界で遊ぶっていうことが大好きで、それがいちばんの原点ですね。

倉本　あゝ、なるほど。

戸田　子どものときから絵本を見て、ね。絵本だけじゃなく、子どもなりにいろんな本を読んで、いろんな想像を巡らして。それがいちばんの原点だと。

倉本　あゝ、そうか。

長峰　ドラマティックなものがお好きでした？

戸田　そうそう、自分ができないことを……空想の、それこそイマジネーションですよ。イマジネーションの中で、遊ぶことが好きだったからだと思います、はい。

倉本　なるほどね。僕なんかも学校が遠かったから、特に疎開中は、4㎞くらいの道を通ってたから、その間やっぱりこう、ものを考えるっていうのかな。プラプラプラプラしてるんだけども……空想するっていうことがね、最高の娯楽だったっていう感じですね。……ものはないしね。

長峰　ないからこそ。

戸田　空想するしかないんだもんね。

倉本　……好きな子ができると、あの子とずっと一緒にいたときどういう風になるか、とかね、……親が死んだらどうなるかとか。

長峰　そこまで？

倉本　そういう空想したりして、それで、何かひとりで涙が出て、もう泣きじゃくりながら歩いたりしたことはあったよ。

長峰　すごく大人っぽいというか。……でも今の脚本家のお仕事を、その頃、実はもうやっていたのかもしれ

ませんね。

倉本　だから、そうした下地になるものって、みんなそういう「空想」でやってたンだよね。

戸田　やっぱり何か想像するってことがいちばんですよね。まして、お書きになる方にとってはね。

倉本　そういう、想像することが……今の子たちができなくなっているっていうのは、僕はやっぱりいちばん不幸なことだって気がしますね。

戸田　だから想像とイマジネーションと、それからクリエイティブね。そっちの「創造」もね、とっても重要ですよね。

倉本　えゝ。そうですよね。

戸田　ね、無から何かを作っていくっていう、それがないじゃない、今の子たち。みんな何か情報だけを集めてる感じ……。

倉本　そうですねえ。それが目的になっちゃってますね（苦笑）。

戸田　そこから先が、本当はおもしろいのにね。

小菅正夫

小菅正夫　こすげ まさお

１９４８年札幌生まれ。前旭山動物園長。１９７３年北海道大学獣医学部獣医学科卒業。旭川市旭山動物園に獣医師として就職。その後、飼育係長、副園長、園長を歴任。２０１０年退官。北海道大学客員教授、中央環境審議会野生生物部会委員、日本野生動物医学会評議員を歴任。柔道４段。『僕が旭山動物園で出会った動物たちの子育て』（静山社出版）など、著書多数。

生き物との最初のふれあい

倉本　動物と云うか、生き物との最初の接触の記憶は、昆虫あたりですか？

小菅　僕ね、生まれて初めての記憶が、縁側でおばあちゃんが飼っていたジュウシマツとかカナリアをね。僕にも世話させてって言って、それを手伝っているところが、僕のいちばん初めの記憶なんですよ。

倉本　あぁー、そうですか。あっ、僕もそういえば同じだな。

長峰　小鳥？

倉本　うン、小鳥。エサに草をやるのが僕の仕事で……だから僕ね、生野菜のサラダっていうのね、どうも苦手なンだ。なんか、鳥のエサ食ってるみたいな感じで。

小菅　（笑）私も生野菜がね、あんまりね……飼《か》い葉《ば》喰っているみたいでね。僕も苦手ですね。

長峰　（笑）おいしいですけどね。

倉本　そうなンだけどね（笑）。

小菅　（笑）。

倉本　……子どもの頃って、男の子はみんな昆虫採集が好きですよね。

小菅　そうですね。僕も大好きでした。

倉本　学者になった僕の兄貴も、ずっと昆虫採集やってて、傍でずっと見てたンだけど……あれ、子どもはみんな虫を捕まえて、殺しますよね。あれ、捕まえることに対する、罪悪感よりも快感の方があるンですかね？

小菅　僕の場合ですが、元々は、捕まえて飼うことが好きだったんですね。蝶々でもトンボでも、とにかくどんな虫けらでも捕まえてきて、飼ってましたね。孵化直前のセミを持ち帰って、夜通しで観察したりして。

倉本　飼うことが好き？

小菅　ええ。ところが飼うとボロボロになるんですよ、どんな虫でも。それで必ず死にますよね。で、それを標本みたいにして取っておいたんですけど。でもそのうち、やっぱり美しいまま、手元に置きたいなって気持ちの方が、なんか強くなってきて。

倉本　（笑）あ、。

小菅　ボロボロになるまで生きる彼らのことを、美しい姿のままで残してやりたいなという、そちらの想いが強くて。だから、命があるものを殺してしまったという罪悪感は、子どもの頃はまったくなかったですね。

倉本　最近、あるミツバチの養蜂所の人と話したときに聞いたのですが、ミツバチが大量死すると云う問題が起きてきているそうですね。

小菅　はい、そうなんですね。

倉本　ネオニコチノイドのせいではないかとその人は云っているンだけど。これはそうなンですか？

小菅　私もそう思いますね。ネオニコチノイドがヨーロッパ、アメリカで使われるようになってからは、圧倒的に昆虫類が少なくなってきているんですよ。

長峰　農薬ですよね？　ネオニコチノイド。

小菅　農薬です。今までの農薬は哺乳類、僕たち人間にも影響があったんですけど、ネオニコチノイドは直接の影響がなくて、実は昆虫類にものすごい影響があるんです。その神経に。

倉本　神経をダメにするそうですね。だからそのミツバチが、自分の巣に帰ってこなくなってくるンだって……これどこに行っちゃうンですか？

小菅　たぶん戻れないから、ぐるぐるぐるぐるまわっているうちに、力尽きて結局全部死んじゃうんだと思いますよ。

倉本　ミツバチは、農家さんが例えばメロンの交配とかに、必ず使いますよね。だからハチがいなくなると、農産物にものすごい影響があるでしょ？

小菅　大変ですね。ミツバチが植物の世界で担っている役割って、ものすごく大きいんですよ。ミツバチがいなくなると植物が受粉を出来なくなって、西洋では絶滅する植物がたくさん出てくるだろうと言われています。

倉本　たとえば、ミツバチは人間にとって益虫と云われて、だから大事にしようという気持ちにさせますけど。……ハエとか蚊とかノミとか、つまり我々がいつも敵視する、害虫と呼ばれるモノの存在価値って、地球にとってどういう意味があるンですか？

長峰　自然界にとって？

小菅　これは例えばね、ハエっておもしろいもんでね。動物が生きてる間は彼らは卵を産みつけないんですよ。でも、死んでからでもないんですよ。死期が近づいてきた動物に、ハエは卵を生みつけるんですよ。

倉本　えゝ。

小菅　まだ生きていて、獣医の僕が治療してるのに。だから一生懸命卵を取るんですけどね。でも、やっぱりハエには分かるんですね。そろそろ死にそうだって。

長峰　はぁー。

小菅　それでその動物が死んだら、もう卵から孵ってウジになって、すぐに死肉を食べ始めるんですよ。これって要するに生物をいかに早く分解するか、という役目なんですね。だからハエって、とっても重要な役割を果たしていると思いますね。

倉本　なるほどね。

小菅　ハエが食べてくれたら、もう汚くならないんですよ。ホントきれいに食べてくれますからね。

倉本　そうなんですね。

小菅　蚊もですね、生態系の中では、きっとものすごく重要な役割を果たしていると僕は思っているんですね。でも残念ながら、今ハエで話したようなことを言えないんですよ。

倉本　あ、そうですか、蚊は。

小菅　……これは僕の想像ですけど、例えば誰かの血を吸いますよね。それからどっかに飛んで行って、また血を吸って。すると違うＤＮＡが入りますよね。そういうことが繰り返されるときに、どこかの世代でなにかが変わるかもしれません。

倉本　はーー。

長峰　壮大な……。

小菅　実証されていませんけど、でも進化というものを考えたときに、バクテリアがいちばん可能性がありますけど、ウイルスも、進化というか変化に影響を及ぼす可能性があります。それで蚊も、そうしたウイルスを運ぶわけですから、進化に非常に重要な役割を果たしていると言えるかも知れません。

倉本　我々は、そういうときに、マラリアとか、悪い方のことばっかり考えちゃいますけどね。なんか、いいものを運ぶという意味もあるのかもしれませんね。

小菅　例えば、キリンの首が長くなった発端はウイルスだろうっていう説があるんですよ。あるウイルスに感染して、それまで首が短かったキリンの先祖の首が伸びていって、今のキリンになったんだっていう説が……。

倉本　ほぉー。

長峰　ウイルスの力で？

小菅　（うなずき）だから蚊がウィルスを運ぶわけですから、地球上の進化の過程で、蚊がそういう重大な役割を果たした可能性はありますよ。

倉本　なるほど。

小菅　だから役に立たないっていうことは、それは僕らの今の時点で分からないってだけであって、この地球上に存在する生き物の中で、何かの役に立たない生き物っているはずがないと思うんですよね。

「死」と向き合うこと

倉本　『北の国から』をやっていたときに、ウシのお産のシーンは何度も出したンですよ。で、僕一回、殺すシーンを出したいって云ったらね、勘弁してくれってテレビ局に云われたンですよ。そんなシーンを放送したら抗議が殺到して、テレビ局の電話がパンクしちゃうって。でも俺、産むところを映して、殺すところを映しちゃいけないってどうしてだろうって、不思議でしょうがなくて。

小菅　（うなずく）

倉本　で結局、殺すシーンは出せなかったンだけれどね。

小菅　テレビって、そうなんですよね。

倉本　それで、僕が前にやっていた富良野塾で、「原始の日」ってのを作ったンですね。毎年4月6日の入塾式の日に、24時間、電気、ガス、水道、石油、電話のない生活をさせて。で、その日の食事用に、ニワトリをみんなに一羽ずつ、生きたままのニワトリを渡すンですね。

長峰　ひとり一羽ですか？

倉本　ひとり一羽。それをみんな絞《し》めさせて、それでさばいて料理させてね。でも最初、猛反発がきたンですね。残酷だって。

長峰　……。

倉本　でもお前ら、ケンタッキーフライドチキン食べたことあるだろうって。水炊き、焼き鳥、大好きだろうって。

小菅　（笑）うん。

倉本　なのに、なんで殺すってことを嫌がるンだって。今までは、そういうみんなが嫌がる寝ざめの悪い仕事を、誰かに押しつけてきたンだから、今日は自分の喰う分は、自分の手を汚しなさいって。

小菅　はいはい。

倉本　で、女の子なんかはもう泣きながら、ニワトリの首にナイフを入れるンだけど、羽をむしって、料理が始まる頃になるとけっこうキャッキャッやってるンだよね。

長峰　変わるんですか。

倉本　変わる。もうガラッと変わる。でも、命をいただくってことの有難さは、どこか心に残るみたいだね。

小菅　はい。

倉本　だから、肉というものがね、パックになった状態でしか見せてないじゃないですか。僕はこれがね、どうも不公平じゃないかって気がしてね。

小菅　そうですよね。

倉本　あれね、根源的に云うとね、僕は今、子どもをおじ

いちゃんとかおばあちゃんとか、あるいは、親の死に目に合わせてないってところに問題があるンだと思うンですが……。生き物は、必ず死ぬということを、隠そう隠そうとする。

小菅　はい。

倉本　ペットが死ぬときですら、子どもに見せまいとするっていう、そういう行動って、僕はとってもおかしい気がするの。

長峰　死を知らない。教えてない。

倉本　死を知らない、教えないっていう。

小菅　僕は「命」を語る上で、いちばんの問題はそこだと思うんですよ。「命は大切だ」とかなんとか言っても、結局なぜ大切なのかを言ってないんですよ。それで死というものがどういうものか分からないから、幻想を抱くんですよ、死に対して。

倉本　はぁー。

小菅　だから、今、倉本さんのおっしゃったとおりで、まわりから死というものが全部消されてるんですよ。でも、自分だっていつかは死ぬし、身のまわりのものだって、生きてるものは、全部必ず死ぬわけですよ。

倉本　えゝ。

小菅　死をしっかりと伝えてないから、この限りある生きているときを、瞬間瞬間を、得難いものだという意識がないんだと思うんですよ、僕は。

倉本　その通りだと思いますね。

小菅　それで、実はですね、生きているところばっかり見せる、生まれたときばっかり見せるっていうのは、動物園の世界がそうだったんですよ。動物園で赤ちゃんが産まれたら、「産まれましたよ、産まれましたよ。育ちましたよ」「良かった、良かった、良かった」って、やってるでしょ。

倉本　はい。

小菅　ところが、年老いた動物が死んでいくところは、これまで隠していたんです。お客さんに見せないで、裏で死を迎えさせるっていう。

倉本　あゝー、そうですね。

小菅　僕がまだ現場にいたときのことですが、それでは命を伝えることにならないから、死を迎える動物の姿もお客さんに見せることにしたんですね。

倉本　はい。

小菅　もちろん、弱った動物に、無理やりお客さんの前に出ろっていうのは、これは動物に無礼だから、そんなことはしないけど。普段と、毎日と同じように、扉を開けて動物が外に出たいなら出る、嫌だったら部屋にいるって状態にしておいたらどうだっていう提案をして、それで実際に僕はオオカミでやったんですよ。

倉本　ほー。

小菅　そしたら、本当に年老いたオオカミが、やっぱり外の方が気持ちいいんでしょうね。お天道さんは当たるし、風は吹くし。で、ガリガリに痩せた体でようやく立ち上がって、外の運動場のところのワラとか布が敷いてあるところに行って、横になってずーと寝ているんですよ。そしたらお客さんから「どうしてあんなもの見せるんだ」ってクレームが来まして。

倉本　あーー。

小菅　「どうして」って、今までここで暮らして、子どもも産んで、毎日生き抜いて、ようやく死を迎えようとしたものを見せるなって。「見せない方がいいんですか」って聞いたら、「あんなの、子どもの教育に悪い」って。……もう、逆ですよ。

倉本　それなンですよね。

小菅　結局最期は、そのオオカミは外で死んだんですよ。やっぱり最期はお天道さまの照っているところで、死にたいと思ったんでしょうね。そこで静かに死にましたよ。

倉本　うーン。

小菅　僕はそこに、長い間お世話になりましたっていうプレートを書いて、「死」を展示したんですね。その時から、死を隠さないっていうことを旭山動物園でもやってきたんですよね。

倉本　あゝ、それは正しいと思いますね。

小菅　でも、動物園でいくら死を見せても、それだけでは、僕はやっぱりダメだと思うんですよ。やっぱり家族の死にいかに向き合うってことですよね。家族の死ほど苦しいものはないですから。

倉本　そうですね。

小菅　そうすると、じゃあ家族の死にいつあえるかっていうと、実はあんまりあう機会はないんですね。人間長生きだから。昔であれば、子どもはどんどん生まれても、残念ながらどんどん死んでいったんですよ。

倉本　えゝ。

小菅　だから、しょっちゅう家族の死にあっていた。だから、これが死だっていう意識はあったんですね、黙っていても。今は医療の発達のおかげで、知らないところで生まれて、知らないところで死んじゃう。家で看取るなんてほとんどなくなりましたよね。

倉本　そうなンですね。

小菅　これが、僕はやっぱりダメだと思うんですよ。僕は死ぬ人間のいちばんの役割って、子どもたちに「死とはこういうものだ」って見せることだと思うんですよ。

倉本　え〻、そう思いますね。おやじが死んだとき、僕は高校2年だったンだけど、医者が胸を押せって云って。

長峰　心臓マッサージを。

倉本　マッサージして……狭心症だったンだけどね、何回か発作がきて。でも発作と発作の間には、普通に明るくしゃべって。……それが急にニヤーっとしてね、僕の方を見て「来た来た来たー」っていったとたんに、ぐーっと最期の発作が襲って……。

小菅　ほぉー。

倉本　「来た来た来た！」って、僕は何が来たのかなって思って、ずいぶん考えましたよ。それで、そのときから意識がなくなって、最期は、息を吸おうとするンだけど、肺にいかないンですね……その状況を見てたってことは、僕はすごく大きかったなって気がしましたね。

小菅　私も同じ体験をさせてもらっていますね。私の祖母が亡くなるときに、私の伯父が医者でしたので、僕に血圧計を渡して「これで1日3回血圧を測って、その

倉本　数字を知らせろ」と。で、数字が低くなったら、もういつでもいいから知らせろって言われて、僕はずっとおばあちゃんの血圧を測ってたんですよ。

小菅　ほぉ。

倉本　亡くなる日ですけど、昼過ぎからどんどんどんどん血圧が下がって。で、僕はおやじに「伯父ちゃんに電話してくれ」って言って。おばあちゃんが僕の手をずっと握って、自分では電話をかけられないんですよ。

小菅　えヽ。

倉本　僕もおばあちゃんの手をずっと握り返して。おばあちゃんは目で一生懸命、僕になにか言ってるんですね。で、「おばあちゃん、頑張ってね、頑張ってね」って言っているうちに、おだやかな顔になって、それで力が抜けて……だから伯父が来る前に亡くなったんですよね。

小菅　……（うなずく）。

柔道と獣医

倉本　大学は、北大の獣医学部に入られたンですね。

小菅　あのー、僕は中学高校と、ずーっと柔道をやってましてね。柔道をやりたくて柔道が強い北大に入ったんです。

倉本　(笑)前に夏にお目にかかったときにね、二の腕が丸太みたいに太くてね、ウシのお尻に手をつっこむと、ウシが痛がるって(笑)。

小菅　(笑)そう。やっぱり柔道やってたので、二の腕が太いんですね。大学の教養学科のときは何とも思わなかったんですが、専攻で獣医学部に移行したときに、実習で、ウシのお尻の中に腕が入らなくて困りました。

倉本　(笑)。

小菅　ウシのお尻からは、直腸の粘膜を通して、腎臓も触れるし、子宮も触れますし、卵巣も探せるんですよ。膜一枚ですから、卵巣の形も分かりますし、卵胞が発育しているのも全部分かるんですよ。それを実習でやらなきゃならないときに、どうしても腕が入らないんですよ。

長峰　太くて？

小菅　ええ。それで先生が飛んできて、「壊すな」って止めさせられました。だから動物の臨床獣医は無理なのかなって思って。でも、まぁいいやって。柔道やるために入ったんだからって思って（笑）。

倉本　それで、どうして旭山動物園に就職されたンですか？

小菅　卒業して就職するとき、求人広告が張ってあって、そのときは、僕が生きていけそうな求人がなかったんですよ。そしたら3月に入ってから、旭山動物園の求人が出たんですよ。

倉本　えゝ。

小菅　すぐ就職担当の先生のところに行ったら、「おお、小菅君。待ってた」って言うんですよ。初めてですよ、学校の先生が待ってたっていうの。

倉本　（笑）。

小菅　それで「旭山動物園に、お前行ってみるか？」っていうから、「どんな仕事なんですかね？」って。「そりゃ、もちろん獣医だよ」「あぁ、そうですか」「なぁ、小菅。ゾウの尻はウシの尻よりでかいんだよ」って言われたんですよ。ゾウならお前の腕でも入るって。

倉本　（笑）あ、、なるほど。

小菅　それで、そうですかーって。それで僕は旭山に行くことになって。

倉本　旭山動物園に入られて、どんな動物を担当されたんですか？

小菅　入ったときは、クジャクとか、七面鳥、アヒル、インコ、そんなものの担当でしたね。

倉本　鳥ですか？

小菅　要するにね、へまやって死んでも補充のきくやつですよ。変な話ですけど、まぁ安い動物ですね（笑）。

倉本　（笑）。

小菅　チンパンジーやゴリラだったら、とっても高くてねぇ。だからまず訓練として、鳥関係から始まって、実績を積んで、そのうち大きな動物もやらせてもらえます。

倉本　大きな動物の最初は？

小菅　キリンの担当をさせてもらいました。それからホッキョクグマやカバ、そしてゾウもですね。

動物の記憶力・自己顕示欲・想像力

倉本　例えばゾウは、ちゃんと飼育係の小菅さんを「認識」しているのでしょうか。

小菅　してます。まあ、大事な食事を持って来てくれる特別な存在っていう認識ですね。

倉本　他の動物も認識しているもンですか？

小菅　大体してますね。でも「記憶」が定かでないんですよ。例えばトラなんかだと、麻酔かけるときに、僕がひとりで行って、吹き矢で麻酔をかけますよね。

倉本　うン。

小菅　そしたら、僕が来て、変なのが飛んできて、バタっと倒れたって記憶はあるんですよね。そうすると麻酔から覚めて、しばらく時間がたっても、ずっと僕を警戒するんですよ。前を通ると、顔をゆがめて、唸るんですね。ところがひと月ぐらいでね、その記憶がなくなるんですよ。名前を呼んだらすり寄って来て甘えるんですね。あらー？　そんなもんかなー？　って。

長峰　大体一カ月ぐらいの記憶なんですか。

小菅　トラやライオンはひと月ですね。ところがね、ゾウの記憶は我々と変わらないんですね。チンパンジーも変わりません。

倉本　あぁ、そうですか。

小菅　ええ、チンパンジーは未だに僕がたまに動物園に行くと、挨拶に来ますもん。僕が治療したことのあるチンパンジーは……。

倉本　おゝー(笑)。

小菅　僕が一度も治療をしたことのないチンパンジーにとっては僕は他人ですから、まったく来ないですけど。キー坊って年寄りのチンパンジーは、僕が来たら必ず挨拶をするし、近づいたら、蹴飛ばしてきますね、ガラス越しに。

長峰　じゃれて？

小菅　いや、いや。僕のことが嫌いなんですよ。

長峰　嫌いなんですか？

小菅　だって、治療されるってことは、痛い目にあわされることですから。それで、僕は彼らにとって警戒すべき人間だっていう記憶を未だにしているんですよ。

倉本　（笑）。

小菅　僕がそのキー坊を治療したのは、もう20年以上前の話ですよ。20年経っても、僕にひどい目にあわされたことを覚えてるんです。

倉本　ほぉー。

小菅　チンパンジーは覚えてますね。それでゾウになるとさらに覚えているんです。

長峰　チンパンジーは知能が発達していますから。でも、ゾウもなんですか？

小菅　ゾウの寿命はそもそも長いんですよ。60年ぐらい平気で生きますからね。そういう意味では、人と同じ寿命を持っているんですね。だから、彼らが生きていくうえで、それなりの記憶は必要なんだと思いますね。

長峰　必要なんですね。

小菅　この状態の気象条件になったときには、ここには水はないけど、あそこには水があるよというような、やっぱり群れを率いていくための記憶なんかは、ホントものすごいですよ。

倉本　はあー。例えば、動物には虚栄心ってものはありますか？　ある動物はいますか？

小菅　虚栄心だらけでしょうねぇ、オスは。オスはもうとにかく、メスからモテようとしてますからね。多少つらいことがあったとしても胸を張って生きて行きます。

倉本　（笑）なるほど。オスですね。

小菅　はい（笑）。

倉本　自己顕示欲ってのは？

小菅　ああ、それも。オスはそればっかりです。

倉本　あ、やっぱりオス（笑）。

小菅　メスには、ないですけどね。メスはいいんですよ。黙ってたって、私準備ができましたよってホルモン出したら、みんな寄ってくるわけですから。

倉本　（笑）。

小菅　オスはもう、自分の遺伝子を残そうと、他のオスより俺がいちばんという自己顕示欲のかたまりになります。

倉本　（笑）想像力って云うのはどうですか？

小菅　想像力は、特にチンパンジーなんかすごいですよね。例えば何本かの太い木の中に、キリで穴を開けてですね、その真ん中にピーナッツを置いておいたんですね。で、チンパンジーがそのピーナッツをどう取るかを見ていますと、ホントいろんなことをします。

倉本　あぁー。

小菅　細い木の枝を入れてみたり、いろいろやるんですけど、うまくいかないんですね。そのうちなにを考えたか、こっちから吹いたんですよ、ぷっと。

倉本　（笑）。

小菅　そしたら、反対側に落ちた途端に、そっち側にいた奴が、ピーナッツを拾って食べちゃったんですね。

長峰　（笑）。

小菅　お、これはどうするのかなって見てたらね……次、吸いました！

倉本・長峰　（爆笑）。

倉本　それは相当な想像力ですねぇ。

長峰　素晴らしい。

小菅　だから、こうやればああなるだろう、ということを想像して、いろんな行動をやってますよね。

倉本　ほぉー。

小菅　今度は「アリ釣り」を疑似体験させようと思って、ジュースを入れたコップを、手の届かない檻の外の下の方に置きまして、上から細い木の枝で、アリ釣りのように、枝の先に付いたジュースを舐められるような状態にしたんですね。

倉本　えぇ。

小菅　最初のうちは、ちびちびやっていたんですけど、そのうちに、枝の先をね、ぐじゃぐじゃと噛み始めたんですよ。

倉本　お、。

小菅　ふさふさにして、それにジュースをたっぷり浸して飲み出したんです。

倉本　おぉー。

小菅　これは、想像力ですよね。こうやればこうなるだろうってことですよね。

倉本　あぁー。それはだけど、同じソウゾウでも、クリエイティブの「創造」ですね。

小菅　あぁ、そうかもしれない。

長峰　「創る」ですね。

小菅　そういうようなことは、見ててホントおもしろいです。ホント彼らは、いろんなことをしますからねぇ。

倉本　はぁーー、あるんだなぁー。

環境と動物

倉本　ホッキョクグマというか、シロクマの毛って、白じゃないって聞いたンですが。

小菅　ホッキョクグマの毛は、全体で見ると白く見えるんですけど。でも1本で見ると、透明なんですよ。

倉本　透明?

小菅　透明で、しかも毛の中が、ストローのように、中空になっているんですよ。

長峰　空洞があるんですか?

小菅　そうです。これは空気がいちばん断熱性に優れているからなんですね。だから、彼らはものすごい断熱効果のある毛をもっているわけですよ。しかも、それが透明なので、光自体は入ってくるんですよ。で、彼らの皮膚は真っ黒なんですよ。

長峰　へえぇー！
小菅　だから、真っ黒いところに日光が直接入るんですよ。すると暖かいでしょ？　そして、空気の断熱材で、熱が逃げるのを防いでるんですね。もう完璧なんですよ、この防寒対策！
倉本　へぇー。
小菅　本当に生き物っていうのは、体の構造を変えて違う環境へ進出していくんです。これはね、すごいことです。自らを変えて、環境に適応していくという。それがずーっと地球を作り続けてきたんですね。
倉本　なるほど。
小菅　人間はそれをしなかったんですね。環境の方を変えていったんですよ。人間は自らを変えることなく、環境を変えようとしてきたから、地球がそろそろ危なくなってきたというわけですね。
倉本　あぁー、なるほどね。環境に適応するのと、環境をこっちの都合の良いように変えていくっていうのは、ずいぶん違いますよね。

小菅　違いますね。

倉本　旭山動物園っていうのは、動物の住んでるそういう環境を、再現しようとしていますよね。土とか水とか、木とか草とか。

小菅　自然環境に近づけようとしています、可能な限りですが。

倉本　え、。僕の記憶では、上野の動物園っていうのはコンクリートだったっていう気がするンですが。

小菅　それはもう、日本中の動物園は鉄とコンクリートの檻で、動物を見せてました。

倉本　そうですよねえ。

小菅　旭山動物園も、改革前はコンクリートでした。日本中の動物園が、やっぱり上野動物園をモデルにしましたからね。日本の動物園は、自治体が作る動物園ですから、前例がないとダメなんです。

倉本　うーン。

小菅　それで、みんな上野に行くわけです。で、今、日本に動物園が80何カ所ありますが、どこ見ても上野動物園を小っちゃくしたやつに見えるんですね。

倉本　やっぱりコンクリートって、動物が垂れ流すから、それを水洗いしやすいように、掃除しやすいためにしているのかなって。

小菅　その通りです。あれは、あくまでも動物のためじゃなくて、飼育する人間がやりやすいからなんですよ。だから遊び道具もないんですね。そんなことやったら、動物が壊したりしたら、入れ替えしなきゃならないから。とにかく邪魔なものは設けないんです。ひどいときはただ四角い空っぽのコンクリートの箱に、動物がポツンといるだけ。

倉本　そうですよね。だから、動物の立場からすると、あれはいわば「牢獄」ですよねえ。

小菅　そうです！　だからあのイメージが動物園にどれだけマイナスか、ですよ。多くの人が、動物園の動物は自由を束縛されて……。

倉本　見世物になって。

小菅　そう、「終身刑」なんですね。生きていく場所じゃないんです……。

動物園　事始め

倉本　そもそも動物園と云うのは、どこから始まったンでしょうか？

小菅　世界史的に見ますと、僕の考えでは、4大文明発祥の地それぞれに、動物園はあったと思いますね。

長峰　そんな昔からなンですか？　紀元前何千年？

小菅　記録として出てくるのは、中国なんです。紀元前1050年の「周」の国に、「知識の園」っていう名前なんですけど、いろんな動物がそこで飼われていて、それを皇帝たちが見て楽しんでいたっていう記録があるんですよ。それは檻に入れて生きたまま飼っていたといいますから、まさに動物園ですよね。

倉本　日本ではいつスタートなンですか？

小菅　日本では、明治15年ですね。今の上野動物園です。国の施設として農務商務省が、殖産工業のいろんなものを紹介するために博物館を作ったんですけど、その付属施設として上野に動物園が作られたわけなんです。

倉本　はあー。

小菅　それがスタートです。でもメインの博物館よりも動物園の方が人気があったわけです。やっぱりおもしろいから、多くの人が動物園に殺到したんですね。

倉本　それじゃ、国立だったンですね。

小菅　最初は国立でした。それが一旦宮内省の所管になって、宮内省から東京都に下賜されたので、今も正式名は東京都恩賜動物公園っていうんですよ。今は、東京都の動物園になっています。国の動物園じゃありません。

長峰　都の予算ですよね。

小菅　そうです。都の予算と都の方針によって運営されているのが、上野動物園です。残念ながらこの日本国には、国立の動物園っていうのはないんですよ。

倉本　……上野動物園と云うと、僕ら戦前生まれの子どもにとっては、戦時中の空襲対策で猛獣を殺したことが、強烈に印象に残ってますね。

小菅　……殺されました。はい。

倉本　あの時の飼育員って云うか、動物園の立場の人としては、辛かったでしょうね。

小菅　辛いですよねぇ。軍から処分しなさいって言われてね……簡単に毒を食べてくれる動物は、まだいいんですけど。ゾウとか、チンパンジーとかは察知して、絶対食べないですよ。

倉本　あぁー。

小菅　で、それしかエサをやらないと一切何も食べないで、ガラガラに痩せていくんですよ。

長峰　……かわいそうに。

小菅　それで、銃で殺させてくれって軍にお願いしたら、銃は敵を撃つもんだって、使わせてくれなかったんですよ。

倉本　はあぁー。

小菅　それで、ほとんどがね、餓死を待ってたんですよね。これはたまりません……飼育係と動物っていうのは、親子と同じですから、我が子の痩せ細っていく姿を見るのは忍びないんです。とにかく早く苦しませないで楽にさせてやりたいって思って。

倉本　あぁ。

小菅　……その記録が今も残ってるんですよ。もうね、とてもとてもまともに読めません。どれだけ飼育係が辛かったか。……ホッキョクグマなんか、首に針金巻いて、縊死《いし》させたって……。

倉本　はあー。

小菅　……だから動物園っていうのは、社会の姿にものすごく影響されるんですね。だから僕は、動物園こそ、平和の象徴だと思ってます。平和でなかったら、動物園は存在しません。

倉本　そうですね。

旭山動物園の改革

倉本　旭山動物園を改革なさったきっかけは何だったンですか?

小菅　市から、動物園なんかもういらないって言われたんですね。もう突然なんですよ、言われたのが。

倉本　ほう。

小菅　確かに客足が減ってきましたが、それまでいろんな繁殖研究だとか、いろんな基礎研究をやって論文も書いて発表もしてましたし、そういう実績で旭山動物園は全国的に見ても先陣を切ってしっかりやってるって認識があったのに、市役所は、いらないって言い始めたんですよ。

倉本　なんか一時期、旭山動物園って観覧車とかジェットコースターがあって、遊園地みたいにやってた時期があったでしょう?

小菅　そうなんですよ。あれは市がやった、まったくの小手先ですよね。ジェットコースターとかで、とにかく客さえ来ればいいという方向に走ってたんですよ。

倉本　あぁ。

小菅　私たちは動物園ですからねぇ。でも、市としては、

動物やってもダメだし遊園地やってもダメだ、何やってもダメだから動物園をやめようというのが、役所の判断だったんですよ。

倉本　はあー。

小菅　それで、ホントいろいろ考えました。なぜ突然、今、いらないって言われるのか？　それは動物園の本当の役割っていうものが浸透していないんではないか？　現実に僕も動物園の役割なんてもの深くは考えもしなかったし。知識としては知ってたけど、いつも動物のことだけ考えて、彼らの健康や、どうやったら繁殖させることができるかばっかりだったことは確かだったんですね。

倉本　うン、うン。

小菅　間違いなく旭山動物園は、そういう動物たちの健康維持、基礎研究では、日本で指折りの動物園だったんです。冬が寒いですからね、どういう環境が動物にいちばん適しているかの研究は絶対必要でしたので……。

倉本　はい。

小菅　で、そのときに動物園はいらないって言われて、「本当にそうなのか。動物園は必要ないのか」って……しばらく考え続けましたね。

倉本　動物園の存在価値を？

小菅　そうです。なぜ動物園は必要であるか、を。

倉本　どんな結論が出たンですか？

小菅　人間は、実は、人間だけ見ていたら人間が人間であることがわからなくなる、と思うんですよ。それを教えてくれるのが、チンパンジーであり、ライオンであり、クジラなんですよ。人間とは違う生き物がそこにいるから、彼らと自分たちの違いを考えて、自分が人間であることが分かると思うんです。

長峰　はあぁ。

小菅　外側から人間というものを見る。その機会が様々な生き物と一緒にいる「動物園」の空間だと思うんです。だから人間が人間であるということを再認識するために、やっぱり動物園が必要だと思ったんですね。

倉本　なるほど。

小菅　それを、地方の小さい街とはいえ、旭川の子どもたちにも、幼い頃から、いろんな生き物と、命との交流、心の交流を実現できるような場所は、失くしちゃいけないいんじゃないかと。

倉本　うンうン。

小菅　ということを、自分勝手に考えて、動物園を失うということは、これは社会にとってはマイナスであるということで、やっぱり俺は動物園で生きようと思ったんですよ。

倉本　あゝ、そこらへんが「改革」のスタートラインだったンですね。

小菅　ええ、そうです。はい。

旭山動物園の「行動展示」

小菅　その、市が動物園が必要ないって言いだした頃って、世界中で動物園を否定する声が大きくなってきた頃だったんですね。

倉本　否定？

小菅　なぜ否定されたかって言うと、テレビなんかで、野生の動物が、まさに野生で生き生きとしている姿をね、みんながテレビで見てしまったんですよ。

倉本　はいはいはい。

長峰　ドキュメンタリーが流行りました。はい。

小菅　それで、「動物たちは、ああいうふうに暮らしたいだろうなぁ。だったら動物園の動物はあんな檻に閉じ込められてかわいそうだよね」って、そこで僕は動物園否定が始まったと思うんですよ。

倉本　うーン。

小菅　でも、テレビの小さな箱の中と、目の前の、同じ空気を吸って、もしかしたら目と目が合うこともある、（両手を広げ）こんなに大きな動物が、そこに存在してることのすごさを、やっぱり直接味わえたら……。できれば、そこに遮蔽が、さえぎるものをなくしてね、直に見ることができれば、それだけやっぱり命と命の距離が近いですからね。訴えるものがすごく大きくて、しかもそれが躍動的で、彼らが快活に、暮らしているところを展示することができたら……そういう感動を与えることができる動物園にしたいって。

倉本　はい。

小菅　それができればね、「動物はすごい」って感動してくれるはずだから、そういう動物園を目指そうということで、様々なことをやり始めたんですよね。

倉本　それで、動物の「行動展示」が始まるンですね。

長峰　行動展示ってそもそもどういうことなんですか？

小菅　例えば「クモザル」という動物が、中央アメリカ、南アメリカにいるんですけど、長いしっぽの先を枝に巧みにひっかけて、自分の体をぶらさげることができるサルなんです。でも彼らを、コンクリートと鉄の四角い檻の中に入れても、その最も特徴的である、最も素晴らしい武器であるしっぽを使う機会がまるっきりないんですよ。

倉本　なるほどなるほど。

小菅　そうすると、お客さんは、「しっぽが長くて手足も長くて、それでクモザルか」で終わっちゃうんですよ。今までは解説のプレートで、何のためにしっぽが長くて、野生ではこんな風に使いますって紹介するだけだったんですね。

倉本　はいはい。

小菅　だから僕らがやることは簡単です。クモザルが、しっぽを使えるような環境にしてやればいいんです。手が届くところに餌があったら、しっぽは使わないで、手でとって終わりだから……。でも、自分の体をぶら下げて、ようやく手が届くところにエサがあったら、すぐぶら下がります。練習も何もしないでも出来ます。

倉本　うン。

小菅　結局そこなんですよ。動物たちのいちばんの生存の武器を、活用させてやる場所を作ればいいだけなんです。だから、変な話ですけど、僕はそれを〝ステージ〟って呼んでいるんですね。彼らがいちばん自分の能力を発揮できるステージを作ってやるって。

倉本　あゝー、なるほどね。

長峰　ステージですか。

倉本　だから、それを小菅さんが園長だった当時、動物園のみんなに絵に描かせたでしょう。あの絵はおもしろかったですね。こう、幼稚園の子どもが描いたみたいなンだけど。

小菅　そうそうそう(笑)。

長峰　スケッチですか？

倉本　そう、スケッチなンだけど、これからどういう施設というか、エリアをどういうふうにしたら、今までの動物園と違った動物の行動展示が出来るのかっていう絵ですよね。

小菅　そう、あのやり方はですね、たとえばホッキョクグマですとね、ホッキョクグマがどういう行動を取るかって、まずいろいろ羅列していくんですよ。それを再現させてやればいいんですけど、ホッキョクグマは実際はアザラシを食べるんですよ。でも、さすがにそれは再現できないわけで。

長峰　はあ。

小菅　つまり大事なのは、エサの獲り方なんですね。それでいろんなことを調べたら、イヌイットの伝説の中でね、ものすごいブリザード（猛吹雪）が来ると、ホッキョクグマはアザラシが顔を出す氷の穴の前に陣取って、目をつむって鼻を隠すっていうんですよ。自分の黒い部分を隠して、ただひたすらアザラシが顔を出すのを待つと。で、アザラシが顔を出すと、一撃必殺。このイヌイットの言い伝えの、穴の前で「延々と待つ」っていうのが、再現出来ればおもしろいわけですよね。

倉本　うンうン。

小菅　それを具体的に、どうやってやれるか？　ってやったのが、あのカプセルです。本当に来たら困るからカプセル作って。アザラシを入れる代わりに、人間入れたらおもしろいんじゃないかって。

倉本　（爆笑）。

小菅　僕が初めて入ったんですよね。頭を出したら、いきなり来ましたもんね。でもなんぼ頑張ってもカプセ

ルは割れないってわかったら、諦めますけどね。

長峰　あの距離感は、すごい迫力ですね。

倉本　クマがダイブするプールも、ちょうど見ている人間の頭が、海の上に頭を出しているアザラシに見えるように、喫水線（水位）を工夫してるンでしょう？

小菅　はい。

長峰　あちらも、ものすごい速さで、目の前に飛び込んできますからね。

小菅　だから、そういうステージをつくって、動物をその気にさせる、つまりエサの役をお客さまにやってもらったらいいわけですよねぇ。エサを捕るという行動そのものが、その動物の特徴がいちばん出ますから。

倉本　うンうン。

小菅　僕らが考えられることはすべて考え尽くして、そして後は本当にそれをやってくれるかどうかは、これはもう、動物に任せるしかないと思うんですよね。

倉本　でもその考え方が、僕が見事だなって思うのは、やっぱり「根本」のところから考え方を変えてるからだと思うンですね。例えば、夜行性の動物を夜見せちゃうとか、冬場の動物を冬見せちゃうとか。それまでは冬はやってなかったンでしょう？

小菅　そうなんですよ。もったいないというか、半年休んでたんですね。条例がありましてね、動物園は市のものですから。条例で開園期間が定まっていて、それ以外は開園しちゃいかんのですよ。北国の動物はともかく、旭山動物園には南国のキリンとかもいましたからね。市もこんな寒い時期に外に出したら死んでしまうと思ったんでしょうけどね。

長峰　真冬でもキリンは外に出るんですか？

小菅　わりと出て行くんですよ。かなり寒いときでもキリンは出るんです。僕は、気温じゃなくて、やっぱりお天道さまだと思うんですよ。

倉本　あぁ、あぁ（何度もうなずく）。

小菅　動物にとってやっぱり重要なのは、お天道さま見ることだと思うなぁ。やっぱり野生動物ですもん。

長峰　生き物はみんなそうでしょうね。

小菅　だからそれ以来、もう変な話、お天道さま信仰なんですけどね、お天道さまは絶っ対見せて、しかも遮っちゃいかん！　直接、日の光が当たるような施設を作らなきゃならん！って思って。やっぱりなんでも「原点」に戻るっていうのはいちばん重要なことですよね。

倉本　いちばん大事ですよねぇ。

小菅　それで動物園の世界は、やっぱり原点に戻って、何のためにあるのかって考えて、そしたら、やっぱりそこに動物の本来のお天道さまの下での暮らしを持ってこなきゃダメだとね。

倉本　うンうン(何度もうなずく)。

小菅　だから、できる限り僕はコンクリートと鉄をなくしたいと。でも、コンクリートと鉄がなかったら、やっぱり安全を維持できないので使うんだけど、それでもコンクリートと鉄を使ったとしても。

倉本　隠す！

小菅　はい！　少なくとも、動物が接するところは、やっぱり土であったり本物の木であったりさせてやりたいなと思いまして。

長峰　ええ。

小菅　でも、可能な限りです。動物園をやる以上、万が一、柵が折れたりして動物が逃げ出したら、それこそ責任を取りきれないですからね。

長峰　動物もかわいそうですからね。

小菅　ええ。やっぱり、いったん人が飼育したら、死ぬまで、最期まで付き合うってのは、これはもう絶対に逃れられない責任ですからね。

動物の生き甲斐

倉本　動物っていうのは、人間の原点をやっぱりいろいろ持っていて、学ぶべきことがいっぱいあるような気がするンだけれども。

小菅　そうですね。

倉本　動物ってのは生き甲斐を持ってるンですかね？

小菅　生き甲斐は、間違いなくっていうか、絶対持ってます。それは子育てです。

倉本　子育て。

小菅　はい。子どもを産んで育ててあげる。それが生き甲斐だと思います。それを失ったら生きていけませんから。動物の場合は、その繁殖年齢を過ぎたら、それでもう命をまっとうして、そのまま死んじゃうんですよね。いわゆる余生はないんです。

倉本　なるほど。

小菅　だから生き甲斐は、自分の子どもを生んで育てること。それを、し続けること。それが生き甲斐だと思います。

倉本　そうですね。

小菅　動物ってよく、自分の子どもを食べちゃうって例あるでしょ？　あれ実は、子どもも食べるような親は、次に可能性があるんですよ。子どもを無視する親は、次

の可能性は厳しいです。

倉本　そうですか。

小菅　愛情があるから食べるんです。自分のものにしようと思って、不安で不安でしょうがなくて、この子は誰にも渡さないって食べちゃうんです。そうすると、安心して育児ができる環境をしっかり整えて、絶対大丈夫だってお母さんが思ったら、食べちゃうようなお母さんは、次、必ず、うまく行きます。

倉本　あぁ、そうですか。

小菅　放置するのがいちばんいけない。愛情がないから放置するんだから……。愛情がある母親が大丈夫だと思って育て始めたらもう、それは、もうずっと懸命に育てますよ。

長峰　あぁー。

小菅　よく野生のチンパンジーが、死んだ我が子の亡骸を、ずーっと持ち続けて……。干からびてもずっと持ち続けてるってありますよね。

長峰　ええ、ええ。

小菅　あれは、きっと事故で死んだ子どもです。生まれたときには健康で、親の乳もちゃんと吸って、親が、この子は大丈夫だと認識したと思うんですよ。それでその後の事故だから、手放せないんですよ。

長峰　あぁー。

小菅　動物園でいろいろ見てますけど、どんな人慣れした動物も、出産、子育ては、完全に野生に戻るんですね。

倉本　突然、野生に戻る？

小菅　戻ります、はい。

倉本　……人間にもそういう部分があるンじゃないですかねぇ。

小菅　そうですね。だって、なかなか理性でね、交尾だとか、出産とかそういうのって考えられないですよ。命の源ですからねぇ。やっぱり生殖に関してはね、知識よりも感情とか、そういうものが優先すると、僕も思います。

倉本　生殖の瞬間なんて、完全に原始に戻ってると思うな。

小菅　えぇ。僕、子育てもそうだと思うんです。だから、今の若い女性ができないのは当たり前だと思うんですよ。やっぱり、出産したメスが不安なのは当たり前で、それを支える、いろんな立場の個体がいる。これが重要なんですよ。

倉本　特にね、おばあちゃん。

小菅　その通りです。

長峰　あぁ、そうですね。

小菅　僕はねぇ、先ほど言いましたが、野生動物の生き甲斐は、子どもを産んで育てることなので、それがなくなった時点で、寿命が尽きると。ところが人間だけはここから延々と生きのびるんですよ。

長峰　はい。

小菅　これはなぜかを考えたんですが、多分、たまたま、おばあちゃんが長生きする集団のところの方が、子育てがうまくいったんだと思うんですよ。そうするとその、おばあちゃんが長生きする遺伝子を持った集団が生き残りますよね。

倉本　なるほど。

小菅　おばあちゃんがいない集団は失敗を繰り返して、結局滅んでいったと思います。

そうして、長寿の遺伝子を持ってる集団が生き残って、今の人類になったんだと考えることができますよね。だから、やっぱり、おじいちゃんおばあちゃんの役割ってのは実はものすごく、重要なんですよ。

倉本　ホントそうだと思いますね。

国立動物園

倉本　動物を見ていると、やっぱり、人間の原点をいろいろ持ってて、そこの部分で、我々が動物園へ行って、直に動物に接することで……なんて云うンだろう、自分の過去を見るような気分もあったり。

小菅　はい。

倉本　そこでその行動学の中からね、しつけの問題だとか、いろんなものをもっと学べることが、いっぱいあるような気がするんだけど。もう少し、我々のモノの考え方を……人間本位じゃなく、地球レベルで。

小菅　そうですねぇ。

倉本　全生物レベルで考えた方がいいって。だから生物多様性なんて云うのは、僕はそこらへんの思想なンだろうなって、思うンだけども。ホント、そういう視点で見なくちゃいけないと、思うンですよ。

小菅　僕、先ほども言いましたけど、みんな上野動物園を参考にしたので、もう全国の都市に散らばってる動物園、みんな同じなんですよ。今この時代ね、同じ動物園をたくさん作る意味なんかどこにもないですよね。

倉本　えゝ。

小菅　まして、日本は四季が明確なところで、しかも地域的にまったく違っていて、沖縄の四季と、北海道の四季はまったく違いますよね。その気候風土に合わせた動物たちの暮らしがあるわけですよね。動物たちの暮らしは、自然と切り離せませんからね。

倉本　うン。

小菅　そうすると、日本はアジアの一員ですから、アジアのことを考えたら、例えば東南アジアの国で、たとえばサイにしても、それからゾウにしても、オランウータンにしても、希少動物がたくさんいるわけですよ。

長峰　はい。

小菅　で、このまま放置すると、彼らはいずれも、絶滅の危機を迎えてしまうんですよ。スマトラなんか、ここ100年で、森の90%が失われて、しかもそれがまだ歯止めがかかっていない。で、その少ない森にいるゾウは、人間の活動の邪魔だということで、いまだに密猟されてるんですよね。

長峰　ええ、ええ。

小菅　それで、日本の今の経済的な繁栄をもたらす基礎になったのは、実は、東南アジアだったりフィリピンだったり、そういう周辺の、大自然が残ってた地域なわけですよ。

長峰　ええ。

小菅　だからそこで暮らしていた生き物が、今、数を減らして、絶滅を迎えるということに対して、日本国がね、俺知らないで済むはずないと思うんですよ。彼らの森を減らした責任の多くは、日本にあるわけですから。

長峰　はい。

小菅　僕はやっぱりこれは、日本がその地域の動物たちを、しっかりと守っていこうという、まずそういう思想が国になきゃいかんと思うんですよ。

倉本　そうですね、うン。

小菅　その思想をしっかりと具現化するのが、僕は「国立動物園」だと思うんですよ。今の日本の動物園は、みんな地域のための動物園で、国の動物園っていうのはないんですよ。

長峰　世界に目を向けるための動物園はないわけですね。

小菅　そうです、そうです。世界の野生動物に、日本は責任を持ちます、ということを、メッセージとして発信できる、源がないんです。

倉本　うーン。

小菅　で、僕はそこに、国立動物園機構というものを作って、たとえば、東南アジアの動物たちをやるんだったら、それは北海道でやる必要はないので、暖かい沖縄で、やればいいと思ってますし。

長峰　気候が似てるわけですものね。

小菅　そうです、そうです。それだと過剰な暖房費がいりませんしね。経済的にもいいわけですよ。それなら「群れ」で飼うこともできますから。

倉本　そうですねぇー。

小菅　そうすると、ゾウの群れの暮らしを、日本で見ることができる。しかもこっちで個体数を群れで維持できれば、例えば現地の生息数が減ってきたら、こちらから戻せばいいんです。

倉本　うむ。

小菅　そういう絶滅しそうな動物を支援するための機構を確立するためにも、やっぱり国立動物園を作る必要があると思うんですね。

倉本　えヽ。

小菅　そこで、動物とともに暮らしている人々の暮らしも、安定できる支援を、日本がしていくということなんですね。研究も、当然日本も現地の人と一緒になってすることによって、どんどん進むと思うんです。

倉本　はい。

小菅　日本は南北に長いので、北から南まで、非常に広い範囲の様々な生き物について、やっぱり日本は責任を持って、発信も出来るし、研究も出来るし、具体的な活動が出来ると思うんですよ。

倉本　うン。

小菅　僕がなぜこういうことを考え始めたかっていったら、ケニアへ行ったときに、ナイロビに国立動物園があったんです。国立公園じゃないですよ。

長峰　あんなに草原があるのに動物園があるわけですね。

小菅　やっぱり、飼育しなきゃ分からないことってあるんですよ。さっき言ったチンパンジーのことだとか、ホッキョクグマとか、いろんなことは、飼育してみて初めて分かることがあるんです。そういう研究成果をあげるためには、やっぱり、野生も見て、飼育もしてみて、総合的にものを見なきゃ駄目だと思うんです。

倉本　そうですねぇ。

小菅　何よりもそこで野生動物と暮らしている人々が、自分たちゾウとともに暮らしている方が、いいんだと思える暮らしがそこになかったら、いかんですよね。彼らもゾウがいるから日本の政府がこれだけ援助してくれるんだとしたら、ゾウを大事にしますよね。

倉本　えゝ。

小菅　日本はそういう国際貢献をして、地球の環境について、日本はこういう野生動物のための環境保全をやっているということを、高らかに宣言して、実行してもらいたいと僕は思うんです。そのために国立動物園という基盤が絶対、必要なんですね。

倉本聰の姿勢

脚本家、演劇人、自然人、教育人……、倉本聰のすべてがわかる珠玉の一冊。仲代達矢、小山薫堂との対談インタビューも必見です。

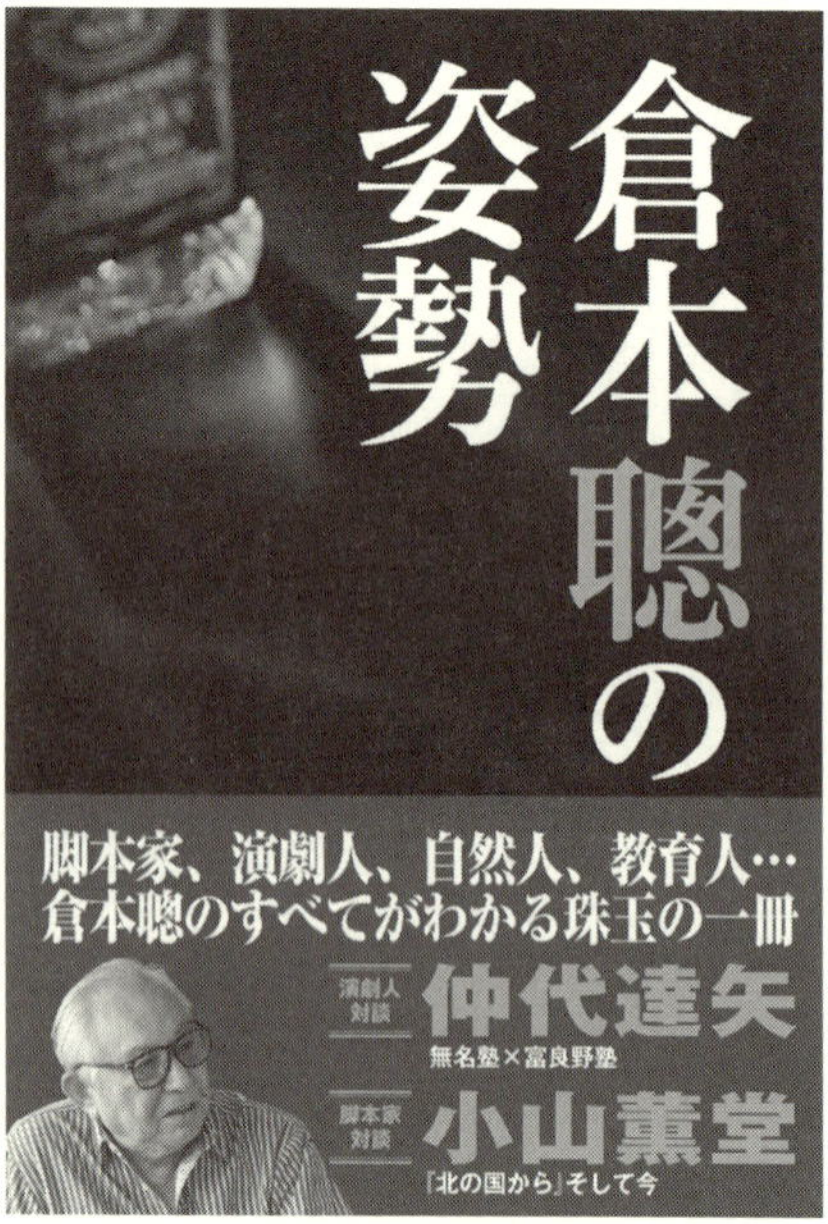

定価：本体 1,714円+税　発行／エフジー武蔵

みんな子どもだった

発行日　2014年3月10日

著者／BS-TBS『みんな子どもだった』制作班

編集・発行人／大石二朗

発行所／株式会社エフジー武蔵
〒156-0041東京都世田谷区大原2-17-6
Tel.03-5300-5757　Fax.03-5300-6610

印刷・製本所／株式会社平河工業社

ISBN:978-4-906877-46-1